思奔于柔情江湖

周寿伟 著

新世界出版社
NEW WORLD PRESS

图书在版编目（CIP）数据

思奔于柔情江湖 / 周寿伟著. -- 北京：新世界出版社，2013.6
ISBN 978-7-5104-3894-3

Ⅰ. ①思… Ⅱ. ①周… Ⅲ. ①散文集 – 中国 – 当代
②随笔 – 作品集 – 中国 – 当代 Ⅳ. ① I267

中国版本图书馆 CIP 数据核字 (2013) 第 114940 号

思奔于柔情江湖

作　　者：周寿伟
责任编辑：董晓琼
责任印制：李一鸣　邢爱国
出版发行：新世界出版社
社　　址：北京西城区百万庄大街 24 号（100037）
发 行 部：（010）68995968　（010）68998733（传真）
总 编 室：（010）68995424　（010）68326679（传真）
http://www.nwp.cn
http://www.newworld-press.com
版 权 部：+8610 68996306
版权部电子信箱：frank@nwp.com.cn
印　　刷：北京彩虹伟业印刷有限公司
经　　销：新华书店
开　　本：710mm × 1000mm　1/16
字　　数：100 千字　印张：14
版　　次：2013 年 7 月第 1 版　2013 年 7 月第 1 次印刷
书　　号：ISBN 978-7-5104-3894-3
定　　价：39.80 元

目 录

Dubai
迪拜：梦境之上，繁华之下

旅行，不是冒险，不是逃避，可以没有计划，也可以没有目的，因为内心中总有一个声音在告诉自己："出发吧，该出去走走了。"

——题记

从北京飞往迪拜的途中，青藏高原上座座山峰像凝固的白色波浪

6月7日的上午，我坐在飞机上，透过舷窗，可以看到云层底下白雪皑皑的青藏高原，一座座山峰如同凝固的白色波浪绵延不绝。白色消逝后，飞机又滑向一片黄色的沙漠，沙漠中的柏油路像黑色的带子一般伸展开去……

对于我来说，旅行从来不是冒险，当然也不是逃避。我喜欢寻找一种陌生的疏离感，喜欢今天在这里，明天清晨却在千里之外的某个地方醒来。我常常没有计划、没有目的地行走，时空的转换从不会给我任何压力，因为内心里总会有一个声音告诉自己：“出发吧，该出去走走了。”

夜晚的迪拜建筑

有时候觉得，任何一场旅行都没有办法满足我的念想。而这一次，又会有何不同？

奢侈豪华的酒店

沙漠冲沙，super fun！

8个多小时的飞行之后，当地时间15点左右，我来到了迪拜——这座曾经布满沙漠、现在充满幻想的城市。

迪拜是独特的，她的独特来源于地理上极端的差异性：一半是海一半是沙漠。干燥和湿润在这里奇妙地重叠在一起，融合成了这座繁华之城。神秘和奢靡，是她吸引人们不远万里前来膜拜的致命诱惑力。而我想来寻找的，是这繁华之下的静美。

人类的脚步与车轴，在一望无垠的沙漠上行驶，是开发还是破坏？

在酒店小憩一会儿之后，我们就前往沙漠地带冲沙。这是阿联酋乃至整个阿拉伯地区最受欢迎的民间趣味运动之一。沙丘的角度越大，冲击的难度也就越大。面对六七十度的陡坡时，汽车引擎会发出巨响，车体几乎直

阿拉伯地区最受欢迎的民间趣味运动——冲沙

大漠孤烟直，长河落日圆

立，让看的人也惊出一身冷汗。越野车冲上沙丘的一刹那，车里面的人会不由自主地发出惊呼，可眨眼间，车子又飞快地滑下沙丘，这种超重的感觉，如同游乐园里的过山车一般。

夕阳洒落在弧形沙丘上，闪着娴静温和的光芒。我轻轻捧起一小把如水般细腻的沙子，看它从指缝中落下，静静感受这一刻时光流逝的声音。记得电影《永恒和一日》里有句台词："时间就像小孩子，在沙滩上玩沙子。"

这一刻，我也不期然地成了那个孩子，轻叹浮生若梦。

夕阳落下，天边的云霞依然燃烧着，无论从哪一个角度去看都是一幅精致的风景画。印度洋的海风轻拂过我的脸庞，时间仿佛静止了，远古的气息奔腾而来又呼啸而过，让人来不及细细品味。大自然的沧桑与壮美在眼前一览无遗，只是，当人们冲沙时的一阵阵呼喊被海风卷裹到沙漠深处之后，看着沙漠上凌乱的脚步与车痕，我禁不住

随着神秘的阿拉伯音乐响起，一位男性舞者走上舞台

阿拉伯女郎的肚皮舞

感慨，这种给人们带来极致快感的运动，对沙漠而言是否是一种亵渎和破坏？

有时候，旅行就是看着自己走过的足迹，一边快乐一边忏悔。

8点钟，晚餐开始了，有人在空地上用地毯围成一个舞池，四周的尖角夜灯次第亮起。随着神秘的阿拉伯音乐响起，一位男性舞者跃入舞池，不断挥舞手中的彩鼓，变幻出各种造型。忽然间，灯光骤暗，舞者的帽子和裙子透着蓝绿色的幽光，神秘而眩目。继而，一位身着舞裙的阿拉伯女郎上演热情奔放的肚皮舞，风情万种，令人沉醉。

在热闹与喧嚣之中，我习惯性地沉静下来。身处此地，神思却已游离，忽然想起了电影《走出非洲》，伴着远处传来的飘渺驼铃，此时的沙漠也变得别具风味。广阔的星空下，与三五知己聊天是一种享受。许多人，许多话题，从别人的话语里体会不同的生活，让自己换上另一种角色，这何尝不是一种释放呢？

现实总令人尴尬，我们有那么多的忧思，但却在大多数时候保持

远处的骆驼在沙海中行走，勤恳劳作

沉默。是的，我们能说的很多，但想说的很少。

这种感觉在我们来到世界最高楼迪拜塔前观看世界第一音乐喷泉（Dubai Fountain）时依然存在。在与音乐的共舞中，水成了有灵性、有生命的精灵。每一场使用的音乐不同，编排的舞姿也不同，当《蝴蝶夫人》中经典的 *Time to say goodbye* 响起时，水的精灵们也幻化成一群婀娜多姿的少女华丽登场。一曲终了，水柱瞬间隐退，一种莫名的感动顿时溢满于心，无法用言语述说。

世界音乐喷泉
盛夏，体验迪拜奢华灵魂之旅

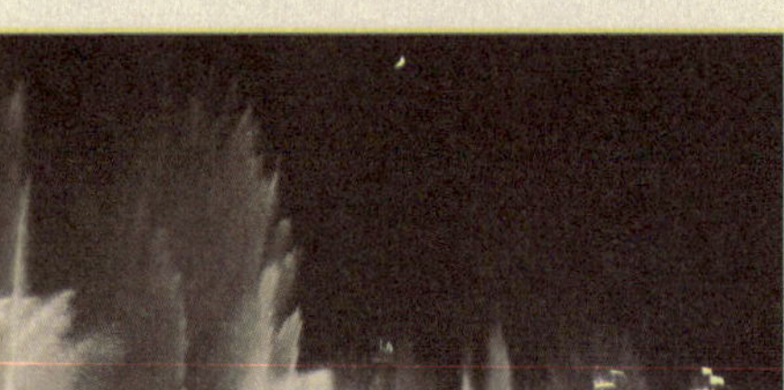

世界最大喷泉
在 DUBAI MALL 前，何其壮观！

玄妙的迪拜塔

如果说迪拜是梦幻之境，那么，毫无疑问，作为中东新地标的迪拜塔是梦境中的那个陀螺，你触摸它时，才知梦境与现实的距离。无论你在迪拜的哪个角落，都能寻觅到迪拜塔的身影。At the top（在最顶端）的云中漫步之旅是玄妙的，海与沙连绵成线，固有的视觉被无限拓展，仿佛是站在云中欣赏着人间最优雅的旋律。然而这并不是云端，我也只是站在迪拜塔的顶端俯瞰整座城市，不觉

人生，年少的时候是铺垫，年轻的时候是经历，年长的时候便是感触了

游历喧嚣的城市，
也可以体味宁静的沙漠

歌声远去，忽又重返人间。

从地面仰望天空，从天空俯视大地，变幻的不仅仅是高度，更是一个人的思绪。世界有时候很大，有时候很小，有些人相距千万公里也可以偶遇，有些人近在咫尺却不曾相识。大概人和人之间也是有时差的，不早不晚，刚刚好而已，也许这就是缘分。

2011.6.8

写于飞往马尔代夫的飞机上

酒店大厅一角

Maldives

马尔代夫：静默是最美的风景

海风无言，浪涛无语，然而宁静有时候就是最极致的美。这里是很多人梦想中的天堂。天堂有多远？其实天堂并不遥远，极致的美丽就在那里，只要肯走过去，就能将自己融入其中。

——题记

椰林轻轻地踩着细沙犹如缪斯的手在轻抚着大地的音符……

“马尔代夫，蓝天白云、椰林树影、水清沙白，是坐落于印度洋上的世外桃源……”在《麦兜故事》里，小猪麦兜不只一次地这样描述马尔代夫。这只被千万人宠爱的动画小猪，让马尔代夫成为千万人心中的梦想。

只是，在电影里，麦兜始终没有去成马尔代夫。就同他的奥运金牌梦一样，马尔代夫终究是一个梦。

而此时的我，仰卧在马尔代夫酒店阳台的大躺椅上，吹拂着海风，遥望深邃夜空中的繁星，周遭如此安静，海浪轻轻地与我相和，儿时的记忆恍然在脑海中浮现——呵，如果麦兜真的来到这里，应该是同我一样的满足吧。

俯瞰印度洋的这一串珍珠，不愧是天际抖落的珍宝

如果一个地方能让你回到童年，那么，你的旅行便有了寻根的意义。因为我们无论走到哪里，聆听的都是内心的声音，寻找的终究是自己的“来处”。在初见的一瞬间，马尔代夫就唤醒了我深埋的情绪，一切是那么的熟悉又安详。它仿佛有一种魔力，蛊惑了身体的同时，也蛊惑了灵魂。于是，即便是它的风景，在我看来也美得不可思议。

乘坐水上飞机前往希尔顿度假村，看到了洒落在印度洋上的珍珠——美丽的伊露岛（Irufushi）。这里没有刻意铺整的柏油马路，放眼望去，尽是白沙路。在这个袖珍国度中，汽车是多余的，人们不是坐船就是走路。

偶遇一位中国姑娘，在马尔代夫待了 8 个月的她为我办理入住手

人生就是一场未知目的地的旅行

无际的海面上，星罗棋布一个个如花环般的小岛

水上飞机候机室

如此可爱的水上飞机，我默默地等待着你的温柔

续，并介绍了岛上的相关情况，随后引我入住沙滩别墅。别墅隐匿在细沙海滩与热带草木之间，模仿茅草屋的设计，显得既美观视野又开阔，迎合着每一位心血来潮的幻想者的审美心理。

抛开一切，悠然躺在阳光床上欣赏这个原生态的院落。这是我喜欢的风格，有浑然一体的自然美，周边景物营造了一个无外界干扰的独立空间。女孩问我，为何选择来马尔代夫？当时，我敷衍作答，现在想来，可能就是一种召唤吧。许多事，想与做，隔着天堑。马尔代夫早就烙刻在我潜藏的记忆里，一直心生向往。现在冲动使然，觉得可以流浪、旅行，服从于内心的疯狂，于是便有了此次旅行。

这一晚，在鸟语啁啾里，一夜安眠。

次日晨，拉开窗帘，期待中的金色阳光扑面而来，天空

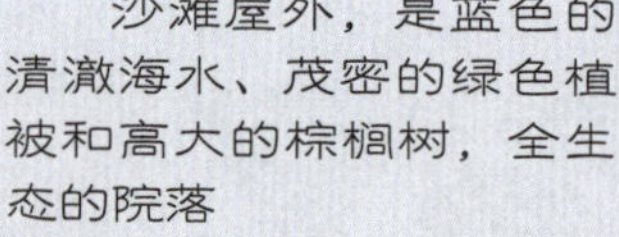

沙滩屋外，是蓝色的清澈海水、茂密的绿色植被和高大的棕榈树，全生态的院落

蓝天白云、椰林树影、水清沙白

夜幕中的伊露岛

是久违的蓝，小朵小朵的白云缠绕其间，渗出酒红的颜色，迷离得仿若少女羞红了的脸庞。这种色彩，是属于天堂的，纯粹的美好。

顺着小路一直走到海边，马尔代夫的海美得让人窒息。如果你不到这里来，绝对无法想象海可以这么美，海的蓝色清澈通透，却又细腻、温厚而安静。

遇见海豚，是我在马尔代夫最为幸运的时刻。那天傍晚时分，结

再好的文字，再美的图片都难以描画
马尔代夫的意境，这份美需要用心去体悟

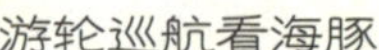

游轮巡航看海豚

伴乘着游轮巡航，海上的光线依然很好，我们坐在甲板上吹着海风等待海豚的出现。海豚果不其然地来了，它们追逐着我们。海豚是种人来疯的动物，毫不生涩，越是吹口哨、鼓掌、尖叫，它们就越欢腾。夕阳西下，海面染上淡淡的金色，可爱的海豚一直在我们的船头穿梭，为我们导航，在甲板旁边与我们共舞。

看到海豚,《碧海蓝天》那幅湛蓝的海报不自觉地浮现在我的眼前。

“你知道怎么才会遇见美人鱼吗？要游到海底，那里的海更蓝。在那里，蓝天变成了回忆，躺在寂静中，你决定留在那里，抱着坚定的决心，美人鱼才会出现。她们来问候你，考验你的爱。如果你的爱足够真诚，足够纯洁，她们就会接受你，然后永远地带你走……”

是的,极致的美丽就在那里,只要肯走过去,就能将自己融入其中。

返回酒店时，看着太阳慵懒地慢慢沉入海中，我突然想到了我的母亲，感伤紧紧包裹住我的身体，浪花撞击着礁石，海水打在脸上，分辨不清是泪水还是海水……

那一刻，全世界仿佛都在水里游走，我离开一切喧哗，心静如水。

在马尔代夫，我常常处于长久的静默之中。坐着或者躺着，凝神地看，看沙滩，看椰子树，看热带的繁花；凝神地听，听浪涛，听海风，听自己的脚步。忽然惊觉，自己已经很久没有这般静静地坐着，与风、与海、与大自然对话，去体会它们的静美。凝望眼前的风景，自己有一点点懂了。

夕阳握着黄昏的手说……

王小波说："我爱你爱到不自私的地步。就像一个人手里一只鸽子飞走了，他从心里祝福那鸽子的飞翔。"我想，如果有一天我潜入深海，或许，我能像回到了母亲的羊水里一样安宁而幸福。

2011.6.9 晚

写于马尔代夫沙滩躺椅上

太阳慵懒地沉入大海，这时候让人思绪万千

印度洋上的那一颗颗珍珠，会随时让你有一种跳下飞机的冲动，不为别的，只为能永远徜徉在这一刻

马尔代夫，你是我最重的牵挂

马尔代夫的时光如此安逸，以至于我完全忘记了存在于海的另一端的“那个”世界。似乎“这里”就是生活的全部，“这里”就是世界的尽头。我愿意迷失在海天之间，可是有些感情却是此生最大的牵挂。

——题记

10日上午，我住进了水屋。比起沙滩屋，水屋别有洞天，每一幢都建在蔚蓝透明的海水之上。一条长长的栈桥将水屋与岛相连，长廊的分支隔划出属于自己的独享空间。进屋后眼前一亮，落地玻璃让远远近近的美肆无忌惮地洒落眼前，如同漂浮在大海上一样；透过玻璃窗，从房间的每一个角落都可以欣赏到马尔代夫海天一线的唯美景色；透过清澈的海水，可以饱览五彩斑斓的热带鱼、鲜艳夺目的珊瑚礁。远处，是雪白晶莹的沙滩和婆娑的椰树。闭上眼睛，耳边是清亮的海鸟鸣叫……房外有一扶梯，直通大海，晚上退潮后，步下扶梯与海水来个亲密接触，任它漫过脚踝，轻柔地抚摸着你，身心一片宁静。

当天下午的计划是潜水。马尔代夫的水温常年在24 ~ 28摄氏度之间，是潜水者的天堂。人们常说，在马尔代夫潜水就像在镜子里游泳。

同行者中有一个潜水伙伴很爱拍照，为了帮她抓拍更多的照片，

好想躺在椅子上闭目养神，倾听海风窃窃私语

一条长长的栈桥
将水屋与岛相连

我忘记了时间。等我收起相机，才发现身边的人都下海了，只剩下我这个不会游泳的人，愣在时空的某个角落。看着他们离我越来越远，我鼓足勇气下水了。

海底，是一个超乎想象的世界，安静得能听见自己的心跳声，彩色的鱼儿在眼前游来游去，海葵和珊瑚像花朵一样盛开，我仿佛闯入了某个秘密花园，又仿佛经历了一场灵魂的私奔。在这绚烂的花园里，我的脸、我的身体、我的每一点思绪，都是蓝色的。我们彼此拥抱，却又各自孤独，能够交换的，也许仅仅是彼此胸膛的温度。生命中注定了我们会相爱，宿命又决定我们只能享受孤单的自由。惆怅纵然会有，只是，一日日光阴流逝，心也就渐渐麻木了。

看着眼前一丛丛暗绿色的珊瑚礁，几条黑白条纹的小鱼穿梭其间，我想深海里会更美吧。凭着一份自信，我向着深远的未知世界前进。可惜我不懂水性、经验不足，一下子离大部队更远了，海水倒灌

◀ 当你徜徉在最美的海里，便有万种风情

▶ 轻松地成为一位海底使者，去打开海底世界的奥妙之窗，同鱼共舞

进来，放眼四周全是海水，身边没有一个伙伴，禁不住有些恐慌，只能不停地安抚自己冷静下来。仅仅过了10分钟，我便上岸了。

坐在船舷上，看着朋友们还在海中尽兴地浮潜。时间临近傍晚，夕阳下的大海是介于蓝绿之间的一种颜色，绿色又似乎多一些，泛着透明的晶莹的光泽。这份清澈与通透，让我慢慢地平静下来。

朋友们陆陆续续上岸，我背着一身潜水器材，由海滩边步行返回，夕阳斜照，拉长了背影……

晚上有烛光晚餐。没有比摆在海边的烛光晚餐更为浪漫的了，除了无垠的星空，还有海浪拍岸的背景音乐。在这异域的国度里，享受着精美的食物，人有点恍惚，觉得幸福不过如此。只可惜不到5分钟，天空飘下雨丝，无奈只能移至室内。

晚餐后回房间，忽觉时光流淌而去。在马尔代夫，时间是可以静止的，但回程的机票在提醒着你：“该回去了。”

有人说，由于气候变暖，50年后的马尔代夫将消失于海平线上。很多人惊叹于它的迷人之后，更多只是在等待。等待一个和自己相爱的人出现，然后牵着她，再次迎着印度洋徐徐的海风，看余晖的光影里，海天连成一线。在这里，尘世与我们无关。如同那部梵音交响的

做一个淡淡的女子，不浮不躁，不争不抢，不去计较浮华之事

电影《尘与雪》中的一句话——

“此刻，若你到我面前，分成时，时成日，而你的一日，成一生。”

浮生若梦，梦醒之后总要回归现实。清晨乘坐水上飞机返回马累机场，下午 1 点到达迪拜。马尔代夫已成为记忆，投身到世界最大的商场 Dubai Mall，满目皆金，再搭配上其他极其鲜艳的色彩，极尽奢华的浓烈伊斯兰风格被发挥到了极致。Dubai Mall 里面有号称世界最大的水族馆，纯玻璃打造的通道可以让游客更直观地欣赏海底世界。晚饭定在了帆船酒店，它是迪拜的骄傲，宛如一艘巨大而精美绝伦的帆船倒映在蔚蓝海水中，随时准备乘风破浪。它每个细节明明精雕细凿却又好似流水般一气呵成，与天空大海融为一体，闪烁着动人心魄的美。

只是，这样的繁华与喧嚣，只能让我更加强烈地想念马尔代夫的

在马尔代夫，牵着自己的爱人，迎着印度洋徐徐的海风，看余晖洒在海面上，海与天连成一片，世间的尘与凡似乎再也与你无关

马尔代夫，还未离开，已然想念

美丽与静谧。如果说迪拜是人类文明的结晶，那么，马尔代夫就是造物主留在世间的最美的奇迹。它已成为我心中的永恒，再美好的文字、再美丽的照片都无法描绘出它在我心中荡起的层层涟漪。在旅途中，每个人都把单反相机甚至水下相机全用上了，可是到最后赫然发现，再好的装备也无法拍出那眼前震撼人心的美：你能拍下夜晚璀璨的繁星吗？你能抓住夕阳落下的一瞬吗？你能拍出海的颜色录下海的声音，能记录当时的心情吗？

那一幕幕极致的画面，让我根本来不及聚焦，只能用心去默记每一个细节：左眼捕捉到的是纯朴，右眼留住的是华丽；抬头仰望的是开阔，低头俯瞰的是精致；前面望去是壮观，转身回头看到的

是无限的亲切！

如果说马尔代夫是梦中的世界，那么再美的梦也会醒来。离别，伤感一阵阵袭来。人生就是一列开往终点的列车，路途上会有很多站口，没有一个人可以至始至终陪着你走完，你会看到来来往往、上上下下的人。如果幸运，会有人陪你走过一段，当这个人要下车的时候，即使不舍，也该心存感激，然后挥手道别。因为，说不定下一站会有另外一个人会陪你走得更远。人世间是没有天堂的，却总有一些接近天堂的地方。比如，马尔代夫……

从北纬 7 度的地方绚丽归来，总也按捺不住内心的悸动。一闭上眼，那跃动的海浪挽着海风姗姗而来，一阵阵冲击我的感官神经：柔软的细沙地上，我还在肆无忌惮地踩踏着，或弯腰掬起一抹细沙，平铺在掌心；或平躺着，在太阳伞下，凝望着夕阳悄然隐去……朋友们说，这是正常的，叫马尔代夫综合征。岛上的日子无忧无虑，风轻云淡，连手表、手机仿佛都是多余的。没有都市、没有马路、没有高楼，

再好的文字，再美的图片都难以描画马尔代夫的意境，需要用心去聆听

我可以将所有留恋封存，不带走一片云彩

人们不用步履匆忙地上班下班，不用为俗事奔波，只剩下蓝天、大海沙滩，只剩下你自己。

飞机起飞了，好吧，就让我仅剩的一丝缠绵和不舍憩息于此吧。在离别时开始想念，我知道我还会回来的……

以为就这样的告别之后，我可以将所有留恋封存，不带走一片云彩。却未曾想到，还会有一阵惊险的波折，为这趟旅行留下更难忘的记忆。

乘坐水上飞机回来的时候，遇到了一个个厚厚的云层，飞机在天空盘旋了很久，四处奔突无果。顿时，紧张的气氛传遍整个机舱，我开始坐立不安，四处张望，凝聚在心头的不是恐惧，只是为朋友们揪心——无法解释的一种心情，它只有在绝境中才会出现。然而，当我不经意地转过头时，却发现后排的女孩怡然自得地鼓着腮帮子，眯着眼，嘴角露出浅浅的笑意，似乎还在回味马尔代夫美好的一切。见我看着她，她灿烂地笑了笑，似乎周遭发生的事情都与她无关，似乎即使这世界崩塌了，她也依然是微笑面对。

那一个场景在脑海中永久定格。我无法想象这个看上去如此柔弱的女孩，何以在面对巨大的风险时能如此淡然？红尘俗世，常让人患得患失，如何忍心将这个单纯的孩子放在鱼目混杂的世界中？你望着她，便如凝望一个信仰，期望守护她，如同守护自己的灵魂……

一阵盘旋之后，飞机终于冲出云层。我们安然抵达马累机场。

也许，我的感性是与生俱来的，不经任何修饰。一部电影、一首乐曲、一本书，就会带我走进一个境界，去聆听、去感受。我喜欢一个人安静地思考，独自收敛住那飘忽不定的情绪；我会因为一个偶然的念头而感慨，也会因为那云卷云舒、花开花落而惆怅。但我也会拾

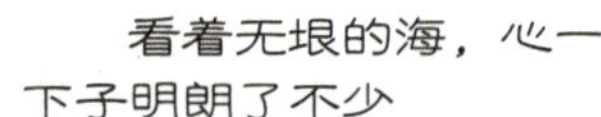

看着无垠的海，心一下子明朗了不少

海，真的美得让人心碎

面朝大海，春暖花开

起那份若有若无的怅然，满怀热情地投入到现实生活之中。

6月12日，从迪拜飞回北京，下飞机的那一刻，顿感亲切。听着身边人熟悉的言语，笑意自然浮现在脸上。人生就像旅行，每一段旅行都是精彩的人生——而起点与终点，都不重要。

2011.6.13 凌晨

写于北京

海浪轻轻地与我相和，莫名地思绪万千

行走巴厘岛 Bali

曾经年幼，不解世事，不恋痴嗔，不需要文字牵行。时间太瘦，指缝太宽，过去的早已无从追寻。而如今，文字却让我灵台顿悟，那些印记从此便清晰得无处可藏。

——题记

合家团圆的春节，我开始了独自旅行，去探访南洋群岛中那一颗璀璨明珠——巴厘岛。

早闻巴厘岛，只知其位于太平洋和印度洋的交汇点。那里蜿蜒的海岸线摇曳生姿，还有让人叹为观止的海上日出，与神秘悠久的宗教、个性浓重的艺术氛围交织融会在一起，构成了一个世外桃源，冥冥中吸引着我。

刚下飞机，来不及调整好呼吸的频率，便闻到清香一抹。几位穿着印尼服饰的少女，步履轻盈地迎向我们，为远道而来的客人套上鸡蛋花“项链”，让我着实欣喜了一把。这是印尼的风土习俗？还是对贵宾的特别礼遇？这淡淡花香萦绕在鼻尖，化作浓浓情愫，烙印在心里，挥之不去。

多少人用极尽华美之词描摹巴厘岛，而我，只想在这里静静行走。

在艺术之岛发个呆

巴厘岛享有“艺术之岛”的美誉，岛上的乌布村就是个中翘楚。村子依偎在缤纷的花朵里，空气恬静，天空湛蓝，充满清新的田园气息。狭窄的街道微微起伏，各色的画廊、艺术品小店点缀其间，乌布人仿佛就生活在艺术之中，每一个角落都引人遐想。

她们用慧心巧手制作出这些独一无二的蜡染作品，每一件都那么精致美丽，像花儿一样在岛上热情绽放

门前荷花盛开，很有禅意

漫步片刻，一个蜡染小作坊吸引了我。这是一个开放式的作坊，妇女们将蜡块溶化，然后用工具直接在布料上描绘，再用不同颜色的染料反复地给布料上色，最终呈现出美丽的色彩和图案。她们用慧心巧手描绘着那些独一无二的蜡染作品，每一件都那么精致美丽，像花儿一样在岛上热情绽放。

小作坊对面，赫然有一个发呆亭。初看时很是诧异，心想：难道在这亭子里休息片刻，发呆也会成为一件很美妙的事情？走进去坐下来才豁然开朗，发呆亭，很符合巴厘岛的氛围，它几乎就是巴厘岛人悠闲的生活节奏和逍遥的生活态度的一种写照。所以，不管是在巴厘岛的海边、乡村小路还是街室庭院，随处都可以是发呆亭。

只是，我为何不远千里来到这里？我在躲避什么？又在寻求什么？想到这个，不免有些怅然。每一场旅行都仿佛是突如其来，又似乎是早已安排妥当的。事先的计划不过是旅行的一个注脚，每到一地，我总觉得我应该在那里，我的呼吸、我的心绪，都可以在那里妥妥当当地安放。在那里，我活在自己编织的世界里，跟外界的一切喧

有时候，发呆也是一件很美好的事情

乌布皇宫，古色古香

哗隔绝——找个安静的地方，呆坐一下午，或者跑到一个遥远的地方，对着美丽的风景冥想，不正是我所向往的那份恬静和安逸？

发呆，似乎什么都在想，又似乎什么都没想，茫茫然地任大脑处于“意识流”的状态。小小的一个发呆亭，让我对巴厘岛有了全然不同的体悟。

收拾好心情，去往巴厘岛的皇宫。皇宫也坐落在乌布一带，据说现在皇室的建筑是1917年大地震后重新修建的，故原本的模样已不复存在。皇宫精雕细琢，处处装饰金箔，让整个宫殿更显辉煌。在经历数十年的风风雨雨后，当初的金箔已成泥黄色，只有阳光照在它的表面时，才会偶尔散发出耀眼的光芒，往日的气场早已不复存在，只是静静诉说着一个皇朝的衰

皇宫的建筑如同静默的神祇，身处其间聆听低语，穿透百年的尘世风云

落……

离开乌布，前往巴都尔火山。巴都尔火山是活火山，但被周边旖旎的湖光山色映衬着，倒显得很安分，看上去更像一个母亲怀中安然沉睡的婴儿。巴都尔火山山形俊美挺拔，素有“巴厘岛富士山”之称，是巴厘岛上印度教民心中的圣山。山峰之上常年云遮雾绕，山顶时隐时现，如害羞的少女欲言又止，让你有种拨开云雾一睹真颜的奇想。

巴厘岛富有代表性的建筑物——阴阳门

行走在山间，依稀可见路边残留的火山熔岩，黑礁石便是昔日见证。这里十几年前还是不毛之地，如今已经绿意葱葱。茂密的树林拥吻着火山下的巴都尔湖，碧绿清幽、光洁如镜，一切都那么宁静唯美。

然而，巴都尔火山毕竟是活火山啊！貌似平和的表象之下，多少滚

巴厘岛的巴都尔火山，素有“巴厘岛富士山”之称

烫的岩浆在下面奔突游走，那一股地火，总在黑暗中窥伺。这些年来，我们见证和亲历了太多诸如火山爆发、海啸、大地震之类的巨大灾害，即便是远观，也充满了恐惧和无奈。而在这里，在此刻，火山是我们这一行人眼中的景观——想到这里，我不由得转过身去，看着身边那些善良淳朴的当地人，尤其是孩子们的稚嫩脸庞，他们是否想到过自己每天都和一只自然的怪兽做伴？

惟有心中默默地祈祷！

沧浪之水清兮

穿行于巴厘岛的大街小巷，举目所及，随处可见大大小小的神庙和各种各样的神像、神龛。令人惊讶的是，巴厘岛没有高大的建筑，大多是两层以下的楼房，恰似椰树那么高。我想，生活在岛上的人们是想更好地接触大自然，尽情地享受它给予的馈赠吧。

圣泉寺是巴厘岛上历史最长的庙宇之一。寺庙因环绕一处圣泉而建，故得此名。相传远古时有巫师在水中下毒毒害村民，大神因陀罗（Indra）以矛刺地涌出泉水，解救了村民。如今，24个出水口依然日夜涌流，当地人纷纷来此沐浴祈福。洁净的泉水洗涤着俗世之人，悠悠的历史长河验证了圣泉寺拥有的不光是那股净化心灵的暖流，更多的是虔诚的人们祈福的心愿。泉边，有一棵长得很嚣张的大榕树，枝叶蔓蔓相互缠绕，

在圣泉寺中，善男信女顶礼膜拜，虔诚的模样让人心一下子安静

仿佛隐藏着一个强大的灵魂，如同电影《阿凡达》中潘多拉星球上精灵们居住的那棵神树。身与魂都融在里面，聚成精神的核。

游走于圣泉边，穿梭在庙宇之间，在古老的神明面前许下最诚挚的浪漫诺言，此生不渝

巴厘岛最著名的娱乐活动，并不在它美丽的沙滩和蔚蓝的海面上，而是——漂流。但这里的漂流与此前所体验的全然不同。皮艇随波逐流，像脱缰的野马一般横冲直撞，我们东倒西歪，浪花一次次扑到脸上、身上，如同冰凉的亲吻。也有一些河段较为平缓，这时大家收拾起玩闹的心情，让小艇随着河水缓缓前行。心还沉醉于先前的欢欣之中，闭上眼，耳边传来了呼呼风声。缓缓地，那首千古不息的《沧浪歌》飘渺而来：

灰蒙蒙的海天一色，有种地老天荒、沧海桑田的感觉

“沧浪之水清兮，可以濯吾缨。沧浪之水浊兮，可以濯吾足……”

在金巴兰海滩欣赏壮观的海上日落，金色的晚霞渲染着深沉的大海和灰白色的沙滩，天地呈现出一片瑰丽的色彩。没有高山险阻，没有钢筋水泥，落日的余晖一览无遗。人或站或坐或躺于沙滩上，双眼已不够用，干脆闭上眼睛享受余晖的温暖和瑰丽光线的环绕，心中满满的全是感动与欣喜。再睁开眼，与身边人相视一笑，不管是认识与不认识，心与心之间的隔阂疏离在此刻已全部消失不见。

“再回来”

别离了巴厘岛，我始终恍然如梦。它的美令人目眩，它的山、寺、海，好像是曾经游历的梦境，又好像是一个隔世的传奇，让人魂牵梦萦。我走入巴厘岛一时，它走入我内心一世。

“巴厘”在印尼语的意思是“再回来”。是的，从离开的那一刻我就开始思念……也许，我还会回来。

2011.2.6

写于巴厘岛至杭州的飞机上

游走黄龙，

我的眼睛放不下这么多的美

在我们的生命中有若干个凝固的时间点，那些记忆便是此生最重要的瑰宝。它们让我们在困顿之时重新振作，当我们身居高处时，激发我们爬得更高；当我们摔倒时，又鼓舞我们重新站起。

——题记

9月上旬，我奔向九寨沟，将自己的灵魂行于水上。然而中途临时有事，我的行程戛然而止，遗憾地错过了黄龙。时隔数日，九寨沟的美景仍穿梭在我的脑海里，看来心神之旅是难以受时空之限的。九寨与黄龙，可以寄情于景的地方，也算是可遇不可求吧！

大自然中的任意一个细节都在向我们昭示它的用意，我们应该回归于它，并且和它一起在寂静中体验生命自身的流动，而不是一而再地陷入生命的洪流，忘却自身的灵性。“不是为了日常生活的烦劳，也不是为了私欲的煎熬，我们生来是为了灵感，为了甜蜜的音响和祈祷”。普希金有句话说得好，我们应该为了灵感而生活。

于是，9月中旬，我再次踏上九寨之旅，前往黄龙。去寻找自然的灵感。

此情此景，总会让人平静

闭上眼，想象着到彩池里蘸上各色彩墨，就能随意点出一幅绝妙的山水画来

正值夏末初秋，黄龙的山光水色用光艳照人形容绝不为过。安然地漫步于绚丽的彩色画廊，感受初秋的丝丝寒意，惬意地闭上眼，深深吸了一口林木间的草木气息，渐渐地感觉整个人都悬空了。是梦境吗？在这片桃花源，我如同一个刚降临人世的婴儿，惊奇地接受这完美无瑕的一切。舍不得睁开眼，就让思绪在那里多停一秒也好。天堂的脚步是不会催促着虔诚的人离开的。

寒意在一点一点加重，初秋的细雨，仿佛是从树海里飘洒而出，比江南的杏花雨更能晕染人的心情。斜风细雨不须归，但我是在寻找一个归宿——一个心不为形所役的地方。腾云似涌烟，密雨如散丝，三千多个彩池构成的人间瑶池，此时将千百种颜色一齐迸射出来，那种梦幻般的色彩，让人几乎忘记了呼吸，仿佛这些色彩要涌到我的身上来，把我拖进去变成一只锦鲤，从此就活在闪烁的波光中。把人间也遗忘了！

“子非鱼，安知鱼之乐？”庄子为什么明白游鱼的快乐，我不知

密林包裹下的彩池

远看彩池，宛如一片碧色玉盘，在阳光下，或红、或紫、或蓝、或绿，浓淡相宜，极尽美丽娇艳

道。但我知道，彩池里的游鱼一定比庄子快乐。

黄龙景区水池遍布，大的一两亩，小的只有几平方米，如掌、如蹄、如菱角、如宝莲，千姿百态，令人目不暇接。巨大的水流沿沟谷漫游，注入彩池梯湖，穿林、越堤、入滩。浅滩上水流涌动，水下铺垫着一层细细的黄绿色苔藓。那些苔藓或许已在水中摇曳了成百上千年吧。在我眼里，它们何曾疲倦？它们是用愉悦的心情拥抱着自己的梦境吧！

我的影子在水下一直跟随着我，跑过每一个水池。水流奔走，它们穿着缝满亮片的衣裳，到处闪耀着光芒。

五彩池盛不下所有的颜色，
我的眼睛要是放下这么多的美。
以后，我该如何看其他风景？
语言已经到了尽头，
只剩下赞叹，
要是我的眼睛放下这么多的美，
我就可以让人们从我眼中看见这一切，
如同置身天国的花园，
却可以从容返回人间。

水浪流淌的壮美

水浪一路流淌下来，在长达2.5千米的脊状坡地上，形成了气势磅礴的独特奇观——金沙铺地。我这才领会佛经上所说，竟然都是真实的。闪着银色涟漪、嵌着绿玛瑙的这道大坡，难道不就是通往极乐的阶梯么？这里更是世界上发现的同类地质构造中状态最好、面积最大、距离最长、色彩最丰富的地表钙化滩流。神仙们怎么会错过这样的地方？他们肯定在这里居住了千万年。现在，他们是否还在其中逗留呢？

此时，我真想拥有蜜蜂的复眼，让每一只眼睛都能从每个角度看一遍这样的景色。我期待这文字能浮现那些风景，然而它却不是言语所能形容的。一棵普通的水柳到了这里就成了金柳，一丛平凡的灌木到了这里就成了银灌木。金沙铺地的左侧，那里有近百个水池，池中有池，如同连环套一样，色彩层叠，池中的花草树木，形状各异。这是一个天生的盆景园，即使再手巧的园艺师，也造不出这等奇境。等我走到金沙铺地的顶端，再看这一片钙化了的坡面，如同一条黄龙俯伏在我的脚下。它在雨雾中湿润着，缭绕着，蒸腾着，仿佛在等雨停日出、云蒸霞蔚时再伺机腾空而起，舞向苍穹……难道，这就是“黄龙”传说的起源吗？

金沙铺地的自然奇观

这让我想起黄河，来时的飞机上，从舷窗往下看，黄河，那条象

高山雪水和涌出地表的岩溶水交融流淌，
随着流速缓急、地势起伏、枯枝乱石的阻隔，
水中富含的碳酸钙开始凝聚，发育成固体的钙华埂，
使流水潴积成层叠相连的大片彩池群，
绘出了黄龙奇观的第一幅天然图画

征中华民族不屈精神的巨龙，也是那样气势磅礴地游走在大地上，散发着神圣的光芒。

从盆景园下来，地势陡然下降。我看见一条白练穿过密林，绕过起伏的崖壁，几经跌宕，竟然成了数十道梯级瀑布，这就是“飞瀑流心”。阳光照在瀑布上，就像是瞬间打开了瀑布底下埋着的藏宝箱，眼前金光四溢，我似乎能够摸到每一道光线，那灼热的光线在我的指缝间留下了永恒的记忆。

雨已经停下来了，
但它比雨更持久而连绵。
离别的气息在回首的时候，
像朵朵鲜花，从枝头凋落。
曲折的山径一路送我下来，
在山脚停下来了，但记忆，
它比山径更曲折而连绵。

不悲过去，非贪未来，
心系当下，由此安详

我开始怀念小的时候，在山间度过的那些日子。跟着父亲去砍柴，或者一个人放牛，荆棘遍布的树林在我童年的回忆里不曾淡去，我可以自由出入。童年时光的记忆，并没有在我成年之后凋零。思绪随着风变得微薄而细长，蜿蜒曲折的山路盘山而上，盘山而下，在没有路的地方开出一条路，这曾经是我的梦想。“只要天天走，哪怕路程远；只要时时学，不怕知识浅”，最朴实不过的教诲，却让我懂得了在不平坦中追求平坦，在不平衡中掌握平衡。一切坎坷都是为了跨越，最后抵达心中的天堂。不论我在怎样的风景里，我都怀念我的家乡，最细小的花，最普通的山，最寻常的相见……

大自然赐予山涧的瀑布

成群的牦牛走出了我的视线，欢快的溪流也流出了我的视线。

华兹华斯说：我前往沙漠是为了让自己感悟到一种渺小。因为人在天地间太过渺小，所以人的作为才如此伟大。我离开了黄龙，黄龙却没有离开我的心。它似乎走得更近了，在我忽然想起的一刹那，它就是心灵的净土，不论平庸的生活把我拖到哪里去，心灵的呼声却总在黄龙。惊艳在

长约 2 千米，宽 100 米左右的坡状的钙化景观——金沙铺地

水中软泥青荇，鼻尖仿佛闻到了那抹嫩绿

我转身的时候已经留给了后来的人，每一次转身都是为了下一次收获更多的纯净之美。我不能忘记我走过的地方，它赠予我所有高贵的灵性之美，我总在想，再次重逢时的黄龙又将呈现出怎样动人心魄的美呢？

美好的宁静，总是促使我走向下一站，直到我的心灵在其中寻到归宿，星辰照耀着我旅行到底。

2011.9

写于九寨沟至重庆飞机上

九寨沟，
倾听灵魂行于水上

有多少次擦肩而过，就有多少次重逢。
我的梦里始终萦绕着，我的灵魂始终惦记着。
直到我呼吸着、触摸着、倾听着秋天的九寨沟，
我的梦才醒来，我的灵魂才回到躯壳里复活。

——题记

一年中大部分的时间都在天空中周旋，有时候几乎忘了地面的世界才是我一直居住的世界。但是，与忙于公事的飞行不同，总有一些是为着充实生命而开始的旅行。当一个好的想法冒出来时，我并不会为了工作而拒绝它。到九寨就是如此。

9月2日，从义乌飞往广州后，马上转机飞到重庆，然后再马不停蹄地赶往九寨。晚上7点多，终于到达九寨的时候，不由得失笑：一天时间内从夏天穿越到了冬天，自己穿着短袖，那边的人却都穿三四件衣服了。

对我来说，九寨沟是一个时间还停留在过去的地方。尽管这不是我的过去，却可以和我记忆中的某个时空片段重合，让我念念不忘。

4月的时候我曾经来过这里一次。那一次来的时候，我透过飞机的舷窗凝望着这片土地，环绕着九寨的雪山瑰丽无比，它如同高傲的公主，拒人于千里之外，必然会让更多的人不远千里而来。我或许是其中之一。

入住洲际酒店后，我开始打量周围的环境。房间的阳台外面是一片广袤的森林，树枝都快长到我眼前了，一股清冽的空气扑面而来，顿时提神醒目。在这样幽静清新的环境里，跑步应该是个不错的选择，

多想置身峰顶观云山雾海的诡秘，多想在古老森林里倾听远古的回音

这可以让自己与大自然更好地融为一体。于是，我便起身出去，慢慢地跑起来。

然而，毕竟是高海拔地区，跑出5千米左右，身体便出现了一些反应。高原地区稀薄的氧气无法满足身体的需求，在平原和在高原，人的身体处于完全不同的状况，任何忽视这一点的人都会付出代价。对于自然，我们无法逞强，总需要心怀敬畏。当晚我就订了第二天早上返回的机票。

5个月后的今天，我重返九寨沟。身处仙境，我没有再次退却的理由。

九寨沟静卧于岷江上游，因为在白水沟的支流上分布着9个藏族村寨而得名。这里坐拥满怀山水，以木为裳，以湖为妆。撑一支长蒿，便可向青草更青处漫溯；掬一抹清泉，就能听到灵性的回响。放眼于四周，一幅素净而不失明艳的画卷，摄入了我的心魄。在这儿，可以让心灵去散步，让眼睛去旅行。

这一次重返九寨，已然是秋季。此次的旅行本以为能饱览枫红桦黄、彩林婆娑的缤纷世界，不料林木还未被造物主染上颜色。倒是赶

一幅素净而不失明艳的画卷，摄入了我的心魂

山与水相连，
水与天相接

上了阴雨天，雨雾中的九寨没有了阳光的照射，山峦碧绿幽深，湖水澄澈幽蓝，缕缕薄雾在山间轻轻飘过，像少女的纱巾在微风中缓缓舞动。“仁者乐山，智者乐水”，我就权且做回仁智兼备的人吧。

步入这神奇的山沟谷地伊始，我便全身心地融入梦的国度。这里是梦幻的世界、童话的国度，甚至你抚摸一棵树，它也会对你悄悄私语——只要你能够倾听。我靠近它们时，它们对我说：“你将在这里找到永恒的平静。”

谁孤独，谁就迷失在森林里，
要是我深爱的一切，没有形状，
我如何去回答他们问我的——
究竟爱着什么？
我不能比划这些虚无飘渺的事物，
我穿梭在光影之间，
却不知道自己成了光影的一分子，
被后来的人视为一个奇迹。

这里是梦幻的世界，童话的国度

这就是时间无法掠夺的永恒震撼！

九寨的美是汹涌而来的。数十个美丽的湖泊散落在三条沟内，镜湖平静优雅，即使风拂过湖水，湖面仍然波澜不惊，犹如睡美人甜稳沉眠，令人不忍惊扰。珍珠滩轻快灵动，清幽碧蓝之间，好像彩虹掉落的调色盘，将周围的一切梳理得井井有条；五花海变幻莫测，周边的树林呈现色彩，赋予了她如万花筒般迷幻的气质；静静的天鹅海，折射着让人惊艳的光芒，如同阳光被碾碎后撒晒开来。这就是时间无法掠夺的永恒震撼！

这里的海是层叠的，森林自然也是重复的。这里的泉水、瀑布、河滩，都是你未曾见过，却又似曾相识的。我执迷于这样的镜像中，不必去关心湖泊的美，因为这样的美已经深入人心。

沿着栈道前行，双龙海就在火花海瀑布下的树丛中，透过幽深晶莹的湖水，可以清晰地看到两条带状的生物钙化礁堤潜伏于海底，活像两条蛟龙藏匿其中，蠢蠢欲动。传说它们因为玩忽职守，造成洪水泛滥，给九寨人民带来灾难，格萨尔王一怒之下将两条龙镇压于此。

我穿行在布满白杨、杜鹃、松柏、柳树的盆景滩浅滩上，细碎的波纹甚至要跑上岸来咬着我的脚指头。为什么我如此贪恋这样的景致，

青苔遍布，旧影斑驳

想在这里深深地呼吸吗？也许是因为我在城市里的岁月，从来不曾见过它们，除了在我的梦中。

树在水里面生长，
季节在我没有防备的时候轮转。
水从枝叶上流过去，
时间在指缝间游荡。
要是我不能够看，不能够听，
我就不必面对瀑布和雷鸣。
要是我不知美，不知善，
我就不必旅行。

九寨沟如果没有水，我的灵魂就不会行于水上。这里的水就如同我们的呼吸。从长海——九寨沟最深、最大的海子——可以逼视自己的灵魂，透明而湛蓝的海镜里，折射出我的困惑与忧虑。长海的水，或湛蓝，或透亮，如纯净无暇的蓝宝石般熠熠生彩，折射出雍容华贵的气质。风平浪静时，又宛如来自天空的一抹蓝，慵懒地飘落人间，躲在一隅，散发着典雅、文静的气质。这是古冰川的儿子，也是装不满、漏不干的宝葫芦。这深不可测的海子里寄托着多少人最深远的梦想，似乎只有把梦想放到这样的深处，才不至于被尘世的污垢所侵蚀。

树在水里面生长

长海边伫立着“独臂老人柏”，它的传说为长海增添了几分神秘的色彩。“独臂老人柏”是一棵树，由于长年风化，树干横向发展，左边没有了枝桠，右边却生长着许多虬枝。想来也着实奇特，这柏树历经数百年的春去秋来，却只是在一边抽枝、生长、凋落，轮番往复丝毫不变。任千帆过尽年华远去，兀自守着一方净土仰望苍穹。他的孤独与寂寞比长海更深邃，因为它见证了这里发生的一切，它生发出来的每一根枝条，都是对长海的一种述说。我相信，当我聆听它的时候，它正在开口说话。言谈中，它缓缓道来的智慧，超越了所有哲学家的思考，我相信没有一个作家可以形容出这一刻我受到的启发。

离开长海，我就离开了故事的开端，向着故事的深处进发。从长海到五彩池短短的800米栈道，风景绝佳。我无法确认我所看见的这一切，是否就是临摹于天上的景象。又或者天上的景象来自于这里。五彩池分外妖艳，虽然很小，但却是九寨沟里最迷人的色彩。五彩池隐匿在高高的峰驼之下，深藏于繁茂的翠林之中。池水

眼前的池水酷似一幅匠心独具的地毯

站在岸边观望，能清晰地看到池底的石纹和各种植物

呈现出翠绿、淡蓝、瓦灰等色块，酷似一幅匠心独具的地毯。五彩池还有一个独到的美点，就是她的水质异常清澈，站在岸边观望，能清晰地看到池底的石纹和各种植物。在自然界的演变中，这些沉积物使得原本湛蓝的湖面变成了彩色的，可池水却依旧清澈。水下的石块、苔藓再加上周边山林的倒影将小小的池子装扮得迷幻而蛊惑人心。

从五彩池中走过，我身上也就携带了五彩缤纷的风景。这些匠心独运的风景，是否已经摹绘在我们壁炉前的地毯上？清澈而空灵的水面，是否已经洗净了我们沉重的心呢？我不能把自己的倒影和树木的倒影分开，我是它们中的那么微小的一个。尽管游人打散了倒影的平静，但我知道我是自然不可分割的一部分。

诺日朗瀑布的雄伟壮观

当我看到诺日朗瀑布时，我的灵魂变得从未有过的宽阔。如果雄伟壮观是这样一面瀑布，我就从来不曾领略过雄伟壮观，因为它就在我的面前，它直接冲入我的心底，将一切沉积在心底的杂念冲刷干净，直到心也变成了海。飞流直下三千尺，疑是银河落九天。诺日朗难道不是从九天之上冲下来的吗？或许诺日朗就是银河的尽头吧。

犀牛海是九寨沟中景色变化最多的海子之一，其倒影也是众海之冠。山中云雾飘渺时，倒影亦幻亦真，让人分不清哪里是天，哪里是水。湖岸四周的彩叶斑斓芬芳。两边的山峰呈对角线排列，把一泓湖水勾勒成犀牛角的形状，起伏的山峦把倒影投在碧蓝的湖水里，将水面分成许多层次，湖底覆盖着长长的水草，和映在水里的黄色的灌木丛相映成趣。稀疏的芦苇伫立在水里，就像是士兵，守护着妩媚动人的海子。

从诺日朗到犀牛海，山谷演奏着气势磅礴的交响乐，我的灵魂似乎也在跟着唱和。五官已无法用来感受九寨的风情，那么多的倒影，根本不再有真实与虚幻之分，只有不可言说的美成了命运的主宰。

水在九寨沟的世界里，已经抵得上山在黄山的世界里，没有更极致的美，也没有更极致的美的破灭。当你从这样的山水中脱身而去，就像换了一副身体。

在那些普通的山与水之间，你看到的或许只是假山、假水。就像歌声中唱过的那样，“你把那童话的世界，铺满高原”。或许，只有高原才容得下那样的纯净，而我们所居住的城市，它的尘烟和灰烬，往往把理想掩盖得一塌糊涂。九寨，我的灵魂行于水上。

2011.9.3 凌晨

写于九寨沟

在纽约这座不夜城中，永生的和平鸽，似乎还没有衔来橄榄枝。在联合国总部广场，你可以看见一个残缺的金属地球。它象征着我们的世界还没有走出它反复做着的噩梦。残缺，是我们存在的理由；残缺，是我们努力的原因；残缺，也是它立于联合国总部广场供人思考的意义。

——题记

纽约抒怀：
翼下之风吹过不夜城

说到纽约，人们首先想到的是曼哈顿、自由女神像、华尔街、时代广场……这不是一个充满童话色彩的城市，作为世界中心，它总是跟财富和权力息息相关，所以人们说它是“野心家的天堂”。于是，联合国总部——这个维持世界和平的所在，在纽约就像是一个微弱的陪衬。在很多人看来，那儿没什么看头，里面的会议室、大会堂之类，其实都很普通，也缺乏像自由女神像一样的象征意义。

而我，却把在纽约的大部分时间都耗费在了联合国总部。我觉得，在那儿漫步、观赏、思考的几个小时，是我在美国最为惬意也最为珍贵的时光。旅行，有时候并非是为了看最美的风景，而是为了需要沉淀的心。

到了联合国大厦，会在入口处看到一座雕塑——一把铜铸的手枪，枪管被打了个结。这是卢森堡赠送给联合国的礼物，作品所要传达的信息简单明了：反对战争。这座雕塑，无疑就是联合国功能的最简洁的表达。

联合国是在 1945 年 6 月 26 日，全世界 50 个反法西斯战胜国在旧金山签署《联合国宪章》后成立的。中国也是发起国之一，蒋廷龄先生是中国代表团的第一任团长。联合国的宗旨是反法西斯，而召开联合国大会、设置安全理事会等等举措，都是为了防止再次出现轴心国那样的邪恶政权。不过，世易时移，当年的战败国日本和德国，如今正拼命地想挤进这个为遏制他们而设的国际机构。

反对战争

在联合国总部广场，你可以看见一个残缺的金属地球。它象征着我们的世界还没有走出它反复做着的噩梦。残缺，是我们存

50 年前，这座建筑曾出尽风头，而今，已是美人迟暮

在的理由；残缺，是我们努力的原因；残缺，也是它立于联合国总部广场供人思考的意义。思考什么呢？思考世人为何还在互相欺凌、压榨、伤害和欺瞒，为什么和平这么艰难，而爱从来不能像吃饭、睡觉一样成为我们日常生活的一部分，不能成为我们身体的一部分呢？自从 9·11 事件以后，善于编撰侦探故事的布洛克突然把纽约划作了小城，因为人们在这座城市里变得异常生疏冷漠，高高在上的建筑群，遮蔽了人们的天空。

当我走在纽约的人群中，不可避免地陷入一种孤独的情绪之中，人们就像水流一样从你身边淌了过去，我成了其中一支不可名状的细流。从街头流回到酒店，灯火辉映下的城市，仿佛是由无数个镜面构成的，它们照出的世界，层层叠叠，我看到自己就走在这样的城市褶皱里，既不能说喜爱，也不能说厌恶，

纽约联合国总部广场

8 位历任纽约联合国秘书长

只是像个从雨天走回到屋子里的人，身上黏腻腻地裹着乌云。

联合国大厦是由当时世界上 10 位著名建筑师设计的，也是纽约市送给联合国的礼物。而大厦下面这块寸土寸金的地皮，则是洛克菲勒集团送给联合国的礼物。当时的纽约真是财大气粗，凭借这些财富，把联合国总部从旧金山手里硬抢了过来。这座长方砖头型的40层高楼，在 20 世纪 50 年代刚建成时出尽了风头，被誉为建筑艺术上的一大突破。但如今已是美人迟暮，被周围更高更新的商业建筑抢去了风采。

走进大厦，大厅墙壁上挂满了历届秘书长的大幅画像，如赖伊、吴丹等人，还有展示重要事件和战争等的图片，和各会员国赠送的礼品。中国送的象牙雕刻“成昆铁路”也在其中，看着这巧夺天工的雕刻，耳边回响着的，似乎是中华人民共和国在联合国第二十六届大会上，恢复一切合法权利之后，赢得的雷鸣般的掌声。

然而吸引我的却不是那些精美的礼品，而是在联合国总部一楼展厅里展示的那些图片。我看到民主进程中的埃塞俄比亚、坦桑尼亚等

在这个彰显着民主的历史中一个个关于民主的故事围绕着世界各地

驻足于怀念前，
久久不愿离去

眼前联合国第七任秘书长是
来自非洲加纳的科菲·安南

国家，历史的阵痛一直在持续着，民主这个孩子就像横在每个国家的腹中，如此艰难地生产，以致我们看到的各种画面，有时只表露了痛苦，而没能看到痛苦的结束。中国有句古语：“天下兴亡，匹夫有责”，然而平凡人的能力终归有限，纵然心怀天下，我能做的，也只是“独善其身”。就像孩子一样，外面的世界满是新奇，然而能抓住的，只是眼前的和最贴近自己的东西。在纽约，我想起了我儿时的小村庄，离它越远，它就越清晰……

据说，宇航员在太空站看见的地球湛蓝美丽，像个水晶球一样充满了魔力。当他们回到地面的时候，他们比地上的人们更懂得生命的微妙。世界上真的是有奇迹存在的，不然，这样一颗星球怎会将生命孕育？联合国的歌里，始终歌唱着“太阳和星辰罗列天空，大地涌起雄壮歌声。人类同歌唱崇高希望，赞美新世界的诞生……为胜利自由新世界，携手并肩”。我相信歌词中唱到的正是一代又一代人的理想——尽管它看起来如此遥远。

民主的进程何其漫长而遥远，只能以屈原的“路漫漫其修远兮，吾将上下而求索”作为奋斗者的座右铭。而激励自己的一句“虽九死其犹未悔”，却又成了一个人独处时暗暗吟出的呓语。

这是一个梦，连做梦都不能的时候，
我们看见梦变作城邦。
在纽约，人们发明灯和霓虹，
不正是为了忘记，他们在白天什么也不看，
到了夜晚，他们更加视而不见。
我面对眼前的窗，望着自己站在窗外，
像个气球一直浮到楼顶，浮向了太空，
到了另一个星球，地球看上去，
才像一颗无比美丽的星辰。

很多人对纽约充满了向往，可失去了自我的方向时，留下的只是茫然

不要因为看不到希望便否认希望的存在。无论如何，联合国的功用是不可抹杀的，联合国的功劳还是有目共睹的，尽管有时候是那么勉强，那么无奈。

也许很多人都对纽约这个大都市充满了向往，似乎能够在这座城市流浪都是件很幸福的事。在中国也一样，城里的人开始往乡下涌，乡下的人却想往城里走。这种城乡之间的互相返潮近乎于一个玩笑，但它又是无比残酷的现实。人们突然在城乡两头都失去了方向，茫然地浮游在时空里。我们说，民主的理想根植于哲学，然而哲学并不解决现实困境，它只能为现实提供一个坐标系。当我们在现实的困顿中煎熬的时候，哲学就像一扇门，让我们走向一个反转现实的时空，并且能够把寻找答案的我们召唤到一起。哲学是现实的基座，通过哲学我们再重塑现实。

我不敢说我们能够改变众人的现实，但总能改变属于我的那一份现实。在这座世界面积最大的城市中，在这个一举一动无时无刻不在影响着世界的城市中，在这座号称“世界之都”的城市中，我所遇见的、听见的并没有什么让我觉得惊讶。这也是这座城市最可贵的地方，似乎我们最宝贵的东西在这里都是稀松平常的，它们融入人们的日常生活。当然这里的人们也有三六九等，也有许多不为人知的辛酸往事。联合国还没有把所有的国家联合在爱与和平之下，但它会朝着这个方向而前进。这就是人们所期望的国际组织，除此，人们并不期望更多。

鸽子从船舱飞往潮湿的天空，
它总会找到一棵栖息的树。
就像多年离家出走的孩子，它总会找到，
一扇亮着灯光的窗户，向他们说起。
他来自何处？
翼下之风吹刮着我所行走的城市，
和平一旦出现在词语中，
就获得永生，只要有人，就会追寻它，
如同追寻光一样。

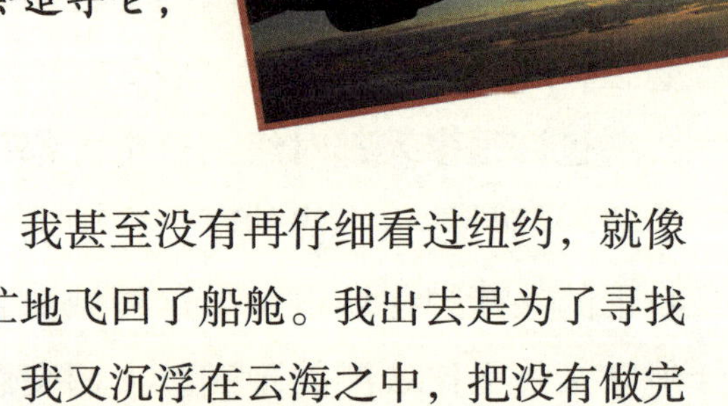

当我离开联合国总部大楼时，我甚至没有再仔细看过纽约，就像那只匆忙离开船舱的鸽子，又匆忙地飞回了船舱。我出去是为了寻找信息，回来是为了报信。就这样，我又沉浮在云海之中，把没有做完的梦继续做下去。

不论是不是橄榄枝筑巢，我都相信，和平会来临，就像夜晚会结束，曙光会来临。一个黎明诞生的时候，我对世界的信心也随之诞生，这是我所仅有的世界，我怎么能不爱它呢？这是我所仅有的生命，我怎能不珍惜它？翼下之风吹过不夜城，永生的和平鸽在联合国总部广场上静静落下。

2011.7.25 凌晨

写于北京

成都游思（上）·锦里的慢时光

成都就像是一座漂浮在天空中的城市，时光到了这里都要慢上好几拍，好像就是为了要等一下灵魂。

——题记

成都是一个你来了就不想走的城市。

杜甫在《春夜喜雨》中写道：“好雨知时节，当春乃发生。随风潜入夜，润物细无声。野径云俱黑，江船火独明。晓看红湿处，花重锦官城。”一个城市能被“锦”字形容，该是怎样的色彩斑斓又安逸温润呢?

所以，即使已经去过成都许多次了，我还是很乐意再去探访成都，去感受成都人的安逸、从容和淡然。

10月，当我再次到达成都时，我一路穿街走巷，肆意地游走在这城市的每个角落，仿佛身心早已融入其中。我知道，我是在自己记忆里的成都中行走，我心悠然自得，阳光落到皮肤上，都要渗透进去一般，觉得自己的身体开始和光一样明媚。

次日一早醒来了，就悠闲地踱步来到了锦里。

到成都一定要逛逛锦里古街，去去武侯祠，否则就不算了解这座“锦官城”。尤其是锦里，与上海的城隍庙、天津的古文化街，还有北京的大栅栏齐名，号称“西蜀第一街”，亦被誉为飘着“三国味”和“麻辣味”的“清明上河图”。这个不大的街区，执著地守望着这个城市最后的市井文明。

阳光就着传统的木制走廊在地上肆意作画

“老字号”三个字凝聚了多少代商人的心血

锦里其实是西蜀最古老的商业街区。早在秦汉、三国时期，成都就以蜀锦而名震天下，朝廷在此设置锦官署理，故成都得名“锦官城”，简称“锦城”。那时蜀锦的生产主要集中在成都的锦江南岸与武侯祠紧邻的区域，这片区域就叫“锦里”。以至于到唐宋时期，“锦里”曾成为成都的代称。“里”者，街坊也。锦里始兴于秦汉，是历史上西蜀地区最古老、最具商业气息的古街坊之一，也是南方丝绸之路的起点，这里商贾云集。晋常璩《华阳国志·蜀志》里曾有这样的记载：“州夺郡文学为州学，郡更于夷里桥南岸道东边起起文学，有女墙，其道西城，故锦宫也。锦工织锦，濯其中则鲜明，他江则不好，故命曰锦里也。”

今天的锦里，已经不再是织锦的地方，但历史厚重的气场依然四处弥漫。

今日的锦里，游客来自世界各地

沿着青石板路缓步行走，在眼光与街内店铺交汇的一刹那，我仿佛穿过时光隧道回到了从前。古色古香的街道，不宽敞，却异常干净整洁。两边的木板房子，一溜儿的红褐色，古朴的雕花窗，串串红灯笼，精致中透着变幻。师傅们摆弄着手里的小物件，从不吆喝。选一张街边的小圆桌，落座，叫一盏清茶，习惯性地打量来往的行人，猜测他们的身份，给每个人编织一个故事。虽然不如西湖边，端一杯龙井，品尽西湖夕阳那般诗情画意，却也能看见，时光在如雏菊一般寻常的日子里停下脚步。

时光在任何事物里都停留了许久，
它重新打磨了我们的生活。
慢下来，放缓你的节奏，这是生活。
不需要你多么用力，时光本身，
并没有速度，当你感觉它快时，
它将更快，感觉它缓慢，
它就活到各种细节里去。
让我们享受这温暖，
一直到心的柔软处。

锦里的水桥街市，有着清代风格的小园小落小亭小景，缩影着的是另一部“清明上河图”的景观

古朴的门前，驻足，映入眼前的是现代化的宾馆展架，光影交错间却也不觉得突兀

川剧变脸，追求快且无痕。其实人生又何尝不是这样呢？

锦里完全是草根的、本土的、家常的，也是传统而现代的。沿着小桥流水，倚着石桥和木亭，饶有兴趣地看各种各样的民间绝活。有吹糖的，有画树皮的，有米上刻字的，最有趣的是，路边竖立着一个托着鸟笼、拿着扇子的铜人，就在大家争先恐后地与他合影时，他的手肘一动，大家才发现这铜人竟然是真人扮演的，真是惟妙惟肖，令人称奇。告别铜人，再往前是一个戏台，戏台背景是一个大大的川剧脸谱，浓缩着川剧精华——变脸。戏台的中央放了两张太师椅，虽没看见台上舞着水袖咿咿呀呀唱戏的人，但是那延续了千年的声音，却仍然弥散在空中。细想之下，也只有在成都这样一座不可思议的城市，才会有不可思议的事物存在。如果变脸诞生于上海，那就显得怪异了。

锦里是古朴的，顺着街道慢慢前行，富有浓郁三国特色和川西民俗的店铺让人目不暇接。那潺潺的流水从房前屋后流过。店铺的门都

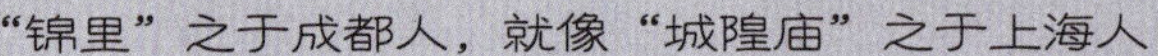

“锦里”之于成都人，就像“城隍庙”之于上海人

在锦里，也发现了西方“万圣节”用到的南瓜灯

是古代巴蜀的风格，印有各种凤凰或者舞者等图案，每到打烊的时候，店家会将门板一张张地拼接起来。每家店门外都挂有幌子，在蜀韵与蜀风的熏陶下就这样一直荡漾了几百年。

此次前去成都，恰巧在万圣节前夕，想不到有着传统气息的锦里，也兼具着现代的西方魅力。偶见院落里，一个个鬼怪的模型凌空悬挂在树上，抑或挂在墙上、门上。院落外，摆上了南瓜灯，笑眯眯的眼睛和大嘴巴，把可爱的模样刻画得入木三分。另一边，亭台楼榭处处笙歌，花前月下美食相和，人间烟火到此已是极致，传统和现代在锦里得到了最完美的诠释，不禁让人发出“最成都、最中国”的感叹。

别忘了，成都还是熊猫的家乡。到了成都，“熊猫”几乎是无所不在的。在锦里的“熊猫屋”内摆满了可爱的熊猫制品，高矮胖瘦、杯笔纸具应有尽有。变身“福娃”、“超人”、“乔丹”的憨憨小熊猫，真是让人忍俊不禁。这似乎是要将世间的美好融入于此，将我们心中那份爱心和幻想淋漓尽致地抒发出来，看到它们就是幸福。当然，游客们还可以把“熊猫”带回家。如果您童心未泯，不妨全副武装，着一身熊猫服招摇过市。到时候是不是应该提醒身边人，“小

熊猫屋

“三国演义”中的凤仪亭让人联想到阴谋与算计，而眼前这个凤仪亭，红柱黑瓦，高挑檐角，不思善不思恶，活在当下

心熊猫出没”了呢。

走在锦里，你会看到那些雕刻精细的大水缸盛满了甘冽清澈的水，西藏的转经筒在这里缓缓地转动，诸葛亮发明的木牛流马车静静地停在笼子里，“铜雀台”、“结义楼”矗立在街道两侧。恍若时光穿透历史，回到了三国……可见，成都是一个兼容并蓄的城市，她不排斥任何信仰，只是不论你在成都的哪条巷子里晃荡，都无法“逃离”这座城市的安然情绪，它就像织锦的女工，将这种闲适和安然织进了我们的梦里。

当我走到古道的尽头时，似乎走到了历史的尽头，回望走过的路，就像从秦汉一路走到了民国，跨过这里，就是现代化的成都了……

2011.10

写于成都

成都游思（下）·需知人生宽窄有时

在这条宽窄巷子里，碰上有缘人，那是因为巷子窄；碰不上有情人，那是因为巷子宽。在中国的“造语”中，譬如宽窄、生死，都可以看做一种两者之间的状态而存在，相遇也是在宽窄之间的一种状态，就像“我看云时很近，我看你时很远”的恍惚迷离。我想在这种状态里，我们才懂得什么叫爱，什么叫忧伤。

——题记

宽巷子的确很美，尤其在这古香古色之黄昏漫步时，另有一种情调

宽巷子代表着成都人的“闲生活”

到达宽窄巷时，已是傍晚时分。

当我伴着夕阳，走在黄昏中的巷子里，一种久违的老城区市民化生活的场景渐渐浮现在眼前。这久违的场景所浓缩的，就是成都人原汁原味的生活。尽管小巷潮湿、破旧、低洼，散发出丝丝霉味，但是走在凹凸不平的小巷中央，看着斑驳的老墙，和墙上不知名的在风中摇曳的小草，总觉得我与自然是如此的近，连带着呼吸都变得舒畅，身体和心顿时舒展开来，怀旧的情绪也油然而生。一段时光，一种眷恋，在老巷子中静静流淌……

宽窄巷的历史可以追溯到清朝康熙五十七年（1718 年），清朝廷派三千官兵平息叛乱后，在此建起了 42 条胡同，让兵丁亲属居住。清制规定森严，满蒙官兵一律不得涉足商务买卖，而只能靠着每年的比武大会，根据成绩优劣领取皇粮过日子。风雨飘零，如今，就只剩下宽窄两条巷子。

老成都最后一道风景，恐怕今后只能在明信片上看到这些街巷了

宽和窄，是多么有深意的一种对立。人间日子宽余时，需知窄脚处。人间日子窄脚时，当思有宽余。成都人的通透或许从这两条巷子中，更能见出其品性，更能尝出其滋味。在宽巷中生活的饮食男女，或许没有如我这般良多的感触，毕竟，这是他们习以为常的世界，也是让人惊诧的世界。这是老成都最后一道风景，恐怕今后我只能在明信片上看到这些街巷了。仅仅是时间问题吗？我想不是时间的过错。

时间被风吹落，又从地上，
被风吹起，一如黄叶。
无限在黄昏中漫长而美好，
人们走过，还能走回来。
人们爱着并且能深爱，
尽管凋零了，远去的瞬间，
像个潮湿而破旧的瓦罐，
盛着雨水发出一阵哭泣。
我仍相信，枯黄的树枝会返青，
熄灭的烛光还会再次摇曳。

巷子窄，两人相遇，侧肩而过都是缘分；巷子宽，信步闲情算是福气

琉璃湖畔，灰墙树下，古老的深巷，明月下，寻觅我们的幸福，花间醉语

这就是我走到宽窄巷子时心中的一点波荡，十月的风吹进我心，让我的心成了一架风琴，弹奏出一段忧伤的旋律。忧伤是世界的基调，也是我的回忆的开始。

漫步宽巷间，想象着 100 多年前，或者 200 多年前，这些宅子的真正主人。也许有人在吃饭，也许有人在聊天，也许还有小孩子在街道上追赶，发出喜悦的欢笑。微微细雨似乎要打乱时空，那《雨巷》中撑着油纸伞的姑娘正缓缓向我走来。只是，这样的感觉不会持续很长时间，因为时间在飞速流逝，夜渐深沉。

晚上六七点钟时，宽巷子达到了人气的高潮，巷子里满是出来吃饭和散步的游客，摩肩接踵，人声鼎沸，各式美食琳琅满目，餐馆店铺灯火通明。龙堂客栈、精美的门头、梧桐树、街檐下的老茶馆……构成了宽巷子独一无二的成都语汇。

穿过南北向的通道，我们就到了窄巷子。这里有成都最典型的院落，一个接一个，与宽巷子的草根不同，这里代表了一种精英文化，一种传统的雅文化。窄巷子已形成以西式餐饮、轻便餐饮、咖啡、艺术休闲、健康生活馆、特色文化主题店为主题的精致生活品味区。宅

低调而华丽的雕花门在黑夜中指引着什么

中有园，园里有屋，屋中有院，院中有树，树上有天，天上有月……这是中国式的院落梦想，也是窄巷子的生活梦想。巷子里还有传统手艺人在捏泥人、吹糖人，一块不起眼的泥或是一块糖，在这些手艺人手中瞬间就变成了一朵花或是一个动物。

遇见一位“神算子”，他不算命，却立着“神算子”的招牌。他不是生冷的雕塑，是充满后现代主义的行为艺术，不过和他合影是有偿的。不用质疑他破坏了这份优雅，因为心里所有的东西离不离去只在于自己的一念之间吧，我们可以静

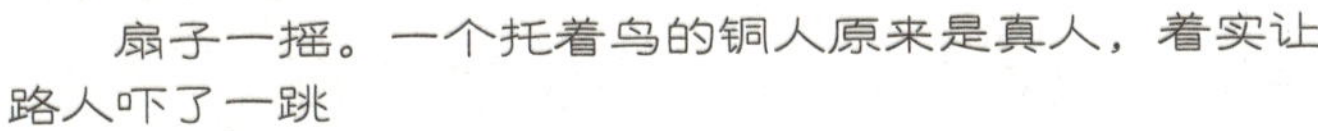

扇子一摇。一个托着鸟的铜人原来是真人，着实让路人吓了一跳

道途其远，坐下，皆放下

眼前的美味也是宽窄巷子的招牌

静体会古代与现代交融的古朴、典雅、浪漫与诗情意境。

夜晚，是这个城市最魅惑的时候，也是宽窄巷子恣意绽放的时刻。宽窄巷子是古老又年轻的城市往昔缩影，是一个记忆深处的符号。巷子窄，两人相遇，侧肩而过都是缘分；巷子宽，信步闲情也是一种福气。青墙、四合院、高门楼、花墙裙……搭配着老成都人休闲雅致的生活韵味。

我们在店如其名的“养云轩”中吃晚饭。这是个清幽雅致的饭馆，桌椅是藤制的，桌面是一块透明的大玻璃，一眼可以望见脚下的青石。点了特色的辣汤，浓郁的辣椒和点点青葱确实让人食欲大振，尝一口却是酸辣麻接踵而至。清脆欲滴的扁豆、香嫩爽口的肚片，也是地道的成都风味。

饭后，闲聊了会儿，信步来到天府广场，赫然进入眼帘的是毛泽东的大理石雕像，猛地给人一种磅礴之气！在20世纪60年代，这里经常是人声鼎沸，因为这里恰好是举行人民群众集会的最佳地段。那个时代，这里是巴蜀热血儿女最向往的地方，他们在这里宣誓，他们在这里团结，他们在这里挥洒着年轻人的热情……不过现在，在其他建筑的映衬下，雕像凸显出了一种沧桑的感觉，历史的尘埃包裹着它，现代的影像应和着它，或许再过若干年，它就会成为文物了。

成都天府广场

夜渐深了。人们的脚步更像猫一样轻细无声，闲谈的老人和嬉戏的孩子也已散去。然而他们的影像就像某个老电影里的片段，反复地揉搓着一个城市的里子，而活在这件“旧衣裳”里的人们，简直跟神仙没什么分别。

如今，人们或许对“天府之国”这样的称谓毫无兴趣，但在成都，很多人仍会感慨这就是我要的生活。无法言表的惬意，就跟你回家时母亲递上的热毛巾、盛上的热饭菜一样如此家常，但又如此切合中国人的脾性。

在成都，所有的人都在梦中行走，他们的脚步踩在云朵上，我以为我的脚步也是往云朵上踩着的，直到我从天空之城落下，回到地面，才发现——时光慢了好几拍。

在一座城市，如果能够有一两处地方，让我们在忙碌的生活中静静体会那种早已缺失的文化，也算是对历史的一种温习吧。

2011.10

写于深圳

扶桑云游（上）·身处霓虹心如水

一个真正的旅行家必定是一个流浪者，经历流浪者的探险，同时也以流浪者的心情去观看周围风物，及人情世故。去日本，流浪在日本的街头，去寻觅这个让中国人情绪复杂的民族，寻觅“菊与刀”精神的注脚。

——题记

打定主意去日本，不免心中起波澜。它近在咫尺，一衣带水，却让中国人心中百味杂陈。对于我，媚与恨都过于幼稚，我只是携我的心上路。如同以往的任何一次旅行一样，它只是我的某个目的地。无论看到什么，我都只以旅人的心情去面对。

据说，古代中国的面貌，现在只有去日本还能得见一鳞半爪。毕竟千年以来，日本都一直是一个“好唐物”的国家，从语言文字到建筑起居，所遵从的都是遣唐使带回来的一套中国规矩。明治维新之后，虽然有所变化，终不能易其所有。

2007 年 7 月 20 日，我从杭州直飞大阪，穿云过海，降落关西国际机场时，云霞在西边烧作一团。夏日傍晚的天空总是呈现出繁复的色彩与层次，如同流水云影，一直徘徊到夜幕将落未落之时。

经常在天上飞来飞去，但在飞机上欣赏夕阳，在我看来仍然是一种奢侈。太阳在层层叠叠如墨晕染的云层中透出光彩，如同打开了天国的大门。你并不会觉得好辰光将尽，反而会有新鲜的温暖，时光似乎被延长……

云霞在西边烧作一团，云影如水，徘徊在夜幕将落未落之时

此刻，没有人再关心人世间的风流，
我渐渐远离，
在云层之上，聆听到梵音如晨钟，
直至从天上落下。

日本街头的万象风光

初到大阪，新鲜感鼓鼓囊囊的，住下后，略做收拾，就出门去闲逛，对日本最初始的印象由此展开。灯火阑珊，街上的人和物，此刻成为我的风景。在国内，无论穿梭于哪一座城市，似乎都是身不由己地奔波。而身处完全陌生的异国，却只是随着人流浮了一程又一程，顿觉岁月静好。

大阪城市街道两边的民居，都只有很矮小的护栏，人一个跨步即能进去。这一座座宅屋的主人似乎毫无设防的意思，门窗也没有层层叠叠的防盗窗，足见当地治安良好。走过几条街，也见识了日本人的亲善。打招呼就跟呼吸一样，不管认不认识，都会在见面时问上一句“哭你一起挖”（你好），临别时再道上一声“加奈”（再见）。街边的超市、商店温馨之至，服务更是一丝不苟。国内的游客到日本来，总有一些提防的心态，但是，不自觉间就又生出无数感慨，卸下心防。

温馨的大阪民居

第二天晨起，闲步片刻，即赴大阪城堡。当年，丰臣秀吉建造大阪城极尽奢靡，仅城

巨大的石垣之上，造型优雅的橹和天守高耸入云

外的石墙就有12千米长，用石50万块。其辉煌又悔恨的一生，可以从天守阁中窥见一斑，因阁中除第八楼外，都做了丰臣家族的资料馆。当年与德川军交战之惨烈，仍可从残存焦黑的石壁上得以想见。此后，这座毁尽了的大阪城由德川氏重建，又因雷火破坏，天守阁在昭和年间再次重建。

从天守阁的最高处，可以俯瞰整个大阪城。在这座素有水都之称的城市里，密布的河流，如同交织在锦缎上的金银线，因此古称大阪为“浪速”、“难波”，又有“大阪八百八桥”的称呼。“你站在桥上看风景，看风景的人在楼上看你。明月装饰了你的窗子，你装饰了

寻常巷陌，不经意间便让人卸下了心防

别人的梦。”往昔之美，由卞之琳的一首《断章》中便能遥想七八分。

我常常会跟人讨论古今的更叠变化，也一直在思考传统与现代的殇变，一如思考水与火。人们误以为水火不容，其实水火也有相济的时候。在大阪，传统与现代之间，正是一座心斋桥把它们串联起来。这里有大阪最繁华的一条商业步行街，距今已有380年的历史，石板铺成的人行道、英国风格的路灯以及成排的砖造建筑物的周防町筋都停在这里。街上既有大型百货店，也有百年老铺；既有面向平民的各种小店铺，也有来自世界各地的名牌。走进去，一开始有些惊讶，但很快你就会发现，这条街似乎有某种魔力，能把单独摆放出来而有些突兀的建筑一件件、一幢幢地毫无芥蒂地融合在一起。

心斋桥下的水很清洁，没有一点飘浮物。日本所有的地方似乎都很干净，总让我这样的行者不自觉地小心翼翼起来。要是不小心丢点什么到地上，说不定罚得你走不了。这是谁都不敢尝试的。

到日本就一定不会忘了道顿堀。作为“天下厨房”的大阪，真正的精华似乎都集中在这一条餐饮街上了。道顿堀作为大阪的“形象代言”常常在国内外的电影中亮相。护城河两岸，布置了许多花坛和喷泉，和两岸的霓虹灯连成一片，更加华丽耀目。观光客和市民很乐于光顾这里拍照留念。

只是，一个人流浪到此处，忽然觉得有些倦怠，原本雀跃的心思，这会儿渐渐有些黯淡。在都市里待得久了，往往只见人潮汹涌，却看不清他们的面目，有一

只是，一个人流浪到此处，忽然觉得有些倦怠，原本雀跃的心思，这会儿渐渐有些黯淡

石板铺就的人行道、英国风格的路灯和成排砖造建筑物的周防町筋，格调高雅

种被无情吞噬的感觉。“身处霓虹心如水，不饮盗泉不染尘”。多少人何尝不想这样的生活，可这又是多么难以达到的一种境界？

或许，世上的一切都会随着时光的演变而换成另一种面目，除了自己的心。这世间有多少人的心始终纷纷乱乱无从安放？而这样的困顿又能否被禅宗的祖师们解决？我在这里流浪，游走，却觉得心神俱宁。心其实可以广博而宁静，它不是浪子，也不是羁客，天地之间，有这样一个你，便有一颗心是永恒地存放于世间的，于是，四海皆为家。

都说大阪是京都的门户，京都则是日本人心灵的故乡，这里也是中国化最深的地方。有人说，“真正的日本就在京都。”我们从大阪到京都的行程很是独特，因为乘坐的是世界上独一无二的分散动力型高速列车，也就是通常所说的新干线。

时速达到 260 千米之后，坐在列车内仍然感受不到丝毫的晃动。新干线被称为世界上行驶过程最平稳的列车之一，若不是亲身体验，的确难以想象。车窗外的景物飞速往后退去，我的思绪却不由自主地往前飘移。据说，新干线建成运营后，几十年来，从来没有发生过人为致死的事故，而且从来没有因人为因素误点超过一分钟，到站时间

世界上独一无二的分散动力型高速列车

精确到秒。这之中，日本先进的技术固然令人起敬，但更重要的是日本人的严谨、慎重，以及在管理上的细致与科学。

不过半个小时，京都就到了。京都多神社、寺庙，自佛法东传，日本的神道与佛道合二为一，以致今日神社里供奉的诸神，皆成了佛的化身。所以在京都，宗教氛围相当浓厚。在诸多神庙中，平安神宫外苑是有百年历史的日本传统神宫，全日本最大的红木鸟居就在它旁边。精雕细琢的朱红色楼宇华丽而庄严，整体布局则是模仿平安时代的皇宫。八坂神社因日本最大祭典之一的祇园祭而闻名，是京都最有名的神社之一。但是，最令我印象深刻的，倒是清水寺。

清水寺背靠音羽山，寺中供奉着千手观音。漫步在其间，静谧与肃穆的气息扑面而来。拾阶而上至清水舞台，不仅可以远眺大阪，而且大半个京都也可尽收眼底。然而，美景之中，却有一个突出于

京都多寺庙，其间供奉的诸神，都是佛的化身

美景之上，有一个突出于断崖之上的正殿阳台，眺望一番别样的景致

断崖之上的正殿阳台，在这里，恐怕“坠楼人比落花多”，而正殿阳台似乎也成了莫可奈何的自绝处。寺中有一眼金水的清泉，传言喝了这里的泉水后一切都能如愿，但是这一泓泉水却不能守护从正殿阳台上跳下去的人，他们只能带着惘然之心，枯萎凋零……

走在京都的街边公园，经常会遇到乌鸦，它们不怕生，会飞到人的脚边，静静地呆上片刻，如哲学家般沉思默想。日本人不觉得乌鸦不祥，这跟中国的古语“鸦有反哺之义”有一些暗合，乌鸦在古人的心目中是一种义鸟，日本人对乌鸦的“厚爱”，似乎在提醒君子“慎独”，不能欺世。

去西阵织会馆看和服演出时，忽然想起一句俗话“吃倒在大阪，穿倒在京都”。京都素以纺织闻名，所生产的“西阵织”、“京友禅”在世界各地都能见到，西阵织是把丝线染过色后再织成带图案的纹织，华丽高贵无可匹敌。因受“万物有灵”观念的影响，日本人相信衣服上必然也寄宿着自己的灵魂，所以送人自己穿过的衣物，即是托诸魂魄，赤诚相见。一般赠衣时，还在兜内放一枚五圆日币，即是与君结缘之意了。

云想衣裳花想容。想来，在日本人的眼中，衣服的灵魂同花的灵魂也是一样的生动。很多时候，说一句真话都会有诸多忧虑，而托以魂魄，又是多么惊人甚至决绝的馈赠！尘世浮扰，让我们习惯对任何事任何人都保持距离，而这样的赤诚，你如何能够拒绝？

2007.7

写于日本

西阵织会馆和服演出，云想衣裳花想容

日本的街道整洁，几乎看不到杂物

京都的神社

扶桑云游（中）·一场绮丽的梦

不过是一段来时的路，少年时的虚幻和迷离是身在山中未能看清。山间独旅，明明是人间琐碎的记忆片段，却因为每个细节中的情致，而产生了独有的韵味。无论身在何处，把物质引向精神才最为可贵。就如同在梦中，那个走在故乡山道上的少年，模样清新，让人怀想。

——题记

富士箱根伊豆国立公园之伊豆半岛

道路变得曲曲折折，眼看着就要到天城山的山顶了，正在这么想的时候，阵雨已经把丛密的杉树林笼罩上了一片白花花的水雾，雨水正以惊人的速度从山脚下向我追来……

日本富士山

在远没有到达箱根的时候，我就想起了川端康成的名篇《伊豆的舞女》，这篇许多次被改编成电影的小说，说的就是箱根情事，那么细腻、纯真、唯美，令人神往。

有时候，美妙的旅行都缘于一场绮丽的梦。顺蹊下桃李，见到了柳暗花明，想来古人大概也是这样吧，不知陶渊明在写下《桃花源记》时，是否也有这样的感触。

7 月 22 日，由富士箱根

伊豆国立公园到富士山，入住温泉饭店。

富士箱根伊豆国立公园是由日本的最高山峰——富士山，三重式的破火山口及火山性堰止湖——芦之湖环抱的箱根和有地形隆起、沉降、海蚀形成复杂地形的伊豆半岛，加之海底火山喷发形成的伊豆诸岛组成。但公园内各个地域又相对独立，形成了个性鲜明的地域性特征合并的国立公园。

公园的核心当然就是日本的象征——富士山。常言京都象征着日本的历史，银座象征着日本的现代，那么，日本的自然象征无疑就是富士山了。日本人称富士山为“不二的高岭”，又常以“玉扇”形容它，比如“雪如纨素烟如柄，白扇倒悬东海天”就是描写富士山的著名诗句。这座睡着的活火山，一直是日本人心目中的圣地。不仅日本的国民多有对富士山的崇拜情结，神道、佛教也常在山上开社、建寺。

富士山呈近乎完美的圆锥形，空中鸟瞰则如一朵盛开的雪莲，“拔地摩天独立高，莲峰涌出海东涛，二千五百年前雪，一白茫茫积未消”，诗人黄遵宪的咏叹说尽了富士山的气魄宏大。富士山北麓有富士五湖，忍野村的镜池等 8 个池塘又号称“忍野八海”，最早开发的河口湖所倒映出的富士山全景纤毫毕现，堪称一大奇观。世人在明信片或画册中看到最多的富士山的身影，应该就来源于这里。

富士山离我越来越近，
我却不忍打扰它的安详，
就这样，静静地，看着就好

由山脚往山上走，越走越凉。山脚好比火炉口，山腰却是冰箱口。走一层，就得加一层衣服。游人最后只能到达建有寺庙的半山腰，在那里休憩，人们会兴高采烈地买明信片寄给亲友……只是，这一刻眼前的美景，不知哪天会成为人们的噩梦呢？但愿，但愿世事祥和，灾难不会发生。

海拔 3776 米的富士山是休眠火山。历史上有记载的第一次富士山爆发是在公元 800 年，最近一次则是在 1707 年。地震对火山喷发具有强大的影响，近年来日本地震频发，富士山的火山活动日趋活跃。富士山自上次喷发以来已经过去 300 多年，现在随时可能重新喷发。看来，地震在造就了日本成为温泉之国的同时，也让日本人始终处于恐惧之中，既怕火山喷发，又怕地震海啸，惶惶不可终日。《日本沉没》等诸多末世影片，将国民心态显露无遗。不过，在灾难的防范、救助应急反应等方面，放眼全球，也没有哪个国家比日本做得更好。

站在富士山上，遥想 40 万年前这里熔岩喷溅，火山灰遮天蔽日，而如今却是翠峰环拱。大自然的变迁，较之人世的变迁，更加惊心动魄。人世的浮沉，真不过是沧海之一粟啊！

大涌谷富士山之北，终日白烟缭绕的大涌谷才是真正的“末日之境”

绿树环抱的箱根

世间绝美的风景，似乎都隐藏在险境之中。在富士山之北，终日白烟缭绕的大涌谷才是真正的“末日之境”。它是火山大喷发之后留下的火山口遗迹。在绿树环抱的箱根，只有这里山岩裸露，岩缝间喷出的雾气缭绕，地表张开的裂缝宛如巨大的嘴巴，喷出大量硫磺蒸气，将泉水烧得滚烫。空气中弥漫着火山特有的硫磺臭味，地球的生命运动就这样赤裸裸地呈现在眼前，你所能想到的，就是地狱的情境，末日的降临。

在箱根的行走，如同穿越在不同的时空，生机与死寂散落各处，你无法捡拾，只能默默地、小心地走，静静地看，呼吸之间，仿佛也能感受到，我们与所生活的地球的命运息息相关。

箱根精巧、幽僻、洁净。沿着标有“古箱根街道”的小路，散漫地行走在山间，林木茂密的小丘弥散着氤氲的湿气，人在云雾中走，连想法也会轻逸起来，好比马达声突然换作马嘶声，这种倒退的思绪，使人的心跳也变得出乎意料的舒缓。环绕箱根的是芦之湖，湖中山影，时时变幻，恍惚如梦。

我抱着对伊豆的无限向往来到这里，曾经把它想象成千万种模样，只是到了这里才发现，伊豆并不能让爱情永恒。我们所珍爱的女子，拥有人世间最华丽的笑容，而爱情却是一场绮丽的梦，梦醒时再去回味，笑容已经生涩。所以，我庆幸那些相爱着的人们，他们能这样地爱着一个人，是天地间难得的缘分。就算未来，他们没有在一起，这也是值得珍藏的回忆。因为爱情是这个世界上最美丽的事情。能拥有一段彼此相爱的岁月，那是人生中一笔丰厚的财富。

换上和服，温泉洗濯过后的身子，余温尚在，更见清爽。在榻榻米上盘腿坐下，回味一人独走山中的况味，心情安谧非常。所思所想，一如蒙田所言："旅行在我看来还是一种颇为有益的锻炼，心灵在旅行中不断地进行新的未知事物的活动。"

脚步可以丈量这个世界，然而唯有以此心方能感知天地万物的灵性。"仰观宇宙之大，俯察品类之盛，所以游目骋怀，足以极视听之娱。"王羲之的一句话，是我在箱根睡下时梦中的低语吧。

2007.7.23 凌晨

写于日本

扶桑云游（下）·日出东瀛一丈高

当我在日本最繁华的城市里行走时，我不知道属于这个国度以及生活在其中的人们的未来究竟是何面目。或许，人们并不必为未来担忧，因为眼下的忧患已经层出不穷。

——题记

一边是“绝怜高处多风雨，莫到琼楼最上层”，一边是“欲穷千里目，更上一层楼”

7月23日，从箱根飞往横滨。

横滨是一座面向未来的城市，在这座城市中，“21世纪未来港”仿佛就是为未来所设。这不是一个港口，也没有船只停泊，更没有诺亚方舟，它只是提供一个看未来的所在。

在地标大厦楼顶眺望，晴空丽日下的富士山如同一支膨胀过度的奶油雪糕，呈现出另一种面目。作为日本最高的大楼，地标大厦高达295.8米，有70层，形状如同日本女子经常使用的梳子。站在梳子上看世界，千思万绪都在心中翻转，我却梳理不出自己当下的感受，一边是“绝怜高处多风雨，莫到琼楼最上层”，一边是“欲穷千里目，更上一层楼”。人生夹杂在这种进与退之间，有时候难免让人迷惑。

我们在生活的长河中前行，既活在当下，也活在未来。这种交错和冲撞之下，如何能拥有看清未来的一种心境？在横滨，我似乎找到了答案。

位于山下町的中华街，大概是横滨最让我有亲切感的地方。这里以前仅仅是山下公园西南边的一条菜馆街，旧称“南京街”，如今已更名中华街，并成为全日本最大的唐人街，与神户南京町、长崎新地中华街一起并称为日本的三大中华街。这条街的住户十有八九都是华人，仅中国餐馆就有 200 多家，逢横滨棒球场有棒球比赛时，经常有数万人光顾中华街并在此用餐，那种热闹的场面，实在太符合中国人的脾性了——越热闹，越欣喜。我也找了家面店，来一碗乌冬面，一边吃面，一边想起中山先生当年流亡横滨，把这里当做筹集革命资金的聚宝盆，真是独具慧眼啊！

从横滨坐地铁到东京，半个小时就够了，等于喝壶茶的时间。东京的气势自然比横滨更磅礴，也更蓬勃。这座古朴与华丽、传统与现代有机结合的城市，如果以人口规划城市的大小，恐怕是世界上最大。然而，繁华之下，却是虚空。

中华街　亲切感涌上心头

在喧嚣之下，东京属于寂寞。
你听见的任何一种声响，都是寂寞的回音。
你走过皇居广场，那里的树和琴键一样，
随时弹奏着已经逝去的荣耀，
曾经属于东京的不是繁荣，
而是宁静，但都已经逝去。

皇居广场原本是日本皇室庭院的一部分，1949 年 4 月开放为国民公园，数万株形状各异的树向人们展示着或妖娆或挺拔的姿态，仅黑松树就多达 2000 棵。在这里，各种树木与保留着江户城楼旧貌的护城河、城门等历史建筑交相辉映。

走过广场，
那里的树和琴键一样，
随时弹奏着已经逝去的荣耀，
但都已经逝去

走在林间小道上，你不需要思考任何问题，身心都开始融化在自然的禅意之中，尽管这样的自然在城市里日渐缩小，但更值得现代人去珍惜。就好比日本的茶室，在枯坐中领悟寂静禅意的滋味，反而是现代人最应该去体验的。我倚靠着一棵黑松，仰观浮云层叠变幻，人生如同云朵的姿态那样不可琢磨，我们才总是那样费尽心思地去琢磨它。随着时光的推移，生命中的感悟与拥有都在不断加深，当然，束缚也越来越多，但又有谁会因为束缚而放弃拥有的一切呢？我面对风景，不仅要观看，还要行走其中，沉浸于风的呼吸和花的香味，在禅意的浓浓包裹之下，忘却了此地为异乡。

在护城河上，“二重桥”横跨其间，这里是通往皇宫的必经之地，经常有人在桥上拍照片，而桥下的人把桥上的人也已拍进了自己的相机里。站在桥上看风景的人还没发觉，自己已经成了别人眼中的风景。

然而，东京的心脏却是在银座，这是与巴黎的香榭丽舍大道、纽约的第五大道并列为世界三大繁华中心的“步行者天国”。初来乍到，都不知道该往哪儿去。满眼花花世界，大概就是银座最恰当的形容了。如果你的脚力够好，就可以在这里悠游卒岁。对日本人而言，银座是通向世界的门户，他们是在这里第一次吃到冰激凌，第一次看见了电

只要你的脚力够好，可以在这里悠游卒岁

灯，日本旧时代的风貌和20世纪以来的繁华，都在银座这面“哈哈镜”里夸张地折射出来。

晚上，在银座的灯海中，我恍惚步入了一条银河，人们身上都带有一种类似萤火的微光，酒吧与夜总会接二连三地亮起它们的招牌，人是在繁华中沉醉，又在万籁声中清醒了……

第二天一早，我去了浅草寺。这座东京最古老的寺庙，始建于628年，是平安文化的中心地，寺院的大门名叫“雷门”，是日本的门脸，也是浅草的象征。据说，每年光顾浅草寺的游客不下千万人，在寺院里头排名日本第一，“虽千万人，吾亦往之”。在寺内抽签，抽到吉签，可以带回家里。若是不满意的，你尽可以将它系在树

人是在繁华中沉醉了，又在万籁声中清醒了

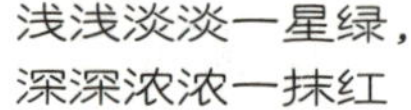

浅浅淡淡一星绿，
深深浓浓一抹红

浅草寺

上，以求逢凶化吉，以致寺中的树，挂满白纸条，承受着世人的厄运，为众生承受波折。

夜里入住的酒店，房间在 30 多层。零点前后，地震来了。虽然知道这是一个地震多发的国家，却没想到自己真的赶上了地震。住得越高，震感越明显。开始我以为这只是个梦，梦中的酒店成了一架秋千，我不过是在荡秋千，但迷糊中也明白这真的是地震。可奇怪的是，心中却一点儿没有慌乱的感觉，仿佛它就是行程中的一部分，注定要来。打开电视一看，报道说地震是 6.7 级，许多房屋倒塌了，但只有三人受伤。自己

日本多神社、寺庙，神道与佛道合二为一，宗教的氛围相当浓厚

也不免松了一口气，但一时半会儿又睡不着，不觉想起浅草寺的树，和缠绕在树枝上的白纸条，恐怕就是日本人最需求的平安了。

朋友说“没有经历过地震，就算没到过日本”，经历了这样一个晚上，我算是真正来过日本了。日本人面对地震时的态度，并不是习以为常的麻木，而是因为心存敬畏而更加谨小慎微。面对灾难，日本人的行动更加高效和规范，所以每逢地震袭来，民众所受的损失总在可承受的范围之内。几千年来，日本其实就是一个“被震撼的国家”，在独特的地理环境之下，人的主动性已经发挥到了极限。这也是我们经常挂在嘴上的“尽人事，听天命”吧？李白说，“日出扶桑一丈高，人间万事细如毛”，生死无常，要是我们有了一丈高的角度来看人间，万事万物似乎都不值一提。

秋叶原电器街

如此浮想联翩又再度睡去。一觉醒来，阳光肆意洒进房间里来，如同潮水一般。地震并没有影响我们的行程，这一天是到秋叶原电器街。这里号称日本最大的电器街，街中汇集了 800 多家电器商店，日本最新款、最高科技电器及电子产品一般先在这里出现，然后才行销到日本其他地区。据说，中国人已经成了秋叶原的消费主力，不仅购买等离子电视、电脑、摄像机，还喜欢买化妆品、长筒袜和民间工艺品等。遥想当年苏格拉底跑到市场上去看了许久，叹了口气说：“我不需要的东西竟然这么多。”不论旅行到什么地方，我都看见人们为欲望所扰，以致根本弄不清自己到底需要什么了。

不必去想什么是幸福，
因为幸福没边没影，想也没用。
想不着的我们也不会去做，
因为眼下你要幸福。

从秋叶原溜出来，一路逛到东京迪斯尼乐园，从此进入了另一个世界。这里一切都是灵动而充满童话色彩。眼下，我的幸福就是看“米奇屋”的歌舞剧，去“灰姑娘城”做神秘旅行，让匹诺曹陪我逛遍五大洲。在永远建不完的迪斯尼乐园，你就像永远也长不大的小飞侠彼得·潘一样，尽情地遨游在一个接一个的梦境之中。这座亚洲第一的游乐园，抚慰了多少重创的心灵，又守护了多少幼小的心灵。

25日，从东京重回云海。卷起的梦想翅膀又重新展开，幸福是你旅途中的一站，而非终点。如果没有更好的同行之人，那就一个人。直到我们走回最初的梦境，那里有我们因为迷失而得到的美与幸福。

2007.7.26 晚
写于杭州

新加坡：邂逅北纬一度

时间和空间的距离催生了旅行的意义。在云端，银色的机翼是我双臂的延伸，触摸蔚蓝色的天空，人们渴望许久的飞翔，不仅仅在乎身体是否在某个瞬间可以抵达远方，更在乎自己的心灵是否也插上了翅膀。

——题记

11月21日，由广州飞往新加坡。

将近4个小时的飞行，让我有足够的时间来回味过去每一趟飞行中的体验，进而思考旅行的意义。一直以为，旅行能催人思索，很少有地方比在行进中的飞机更容易让人倾听到内心的声音。如阿兰·德波顿所说：“飞机的起飞为我们的心灵带来愉悦。飞机展呈的力量能激励我们联想到人生中类似的、决定的转机；它让我们想象自己终有一天能奋力攀升……”

就像期待摆脱重力一样，我渴望一次次远离大地，深入天空。大地给我带来一种躁动，而“云朵带来的是一种宁静”。

3小时50分钟后，飞机降落在新加坡樟宜机场，瓦蓝的天空随着起落架一并降落到地面，就像一只候鸟终于飞到南方，落进了巢穴。站在这块镶嵌在马来西亚之南的蓝宝石上，触手可及的是海蓝、天蓝互相浸染的世界。来自柔佛海峡的风轻柔地吹过来，拂过一片高大棕榈树，树叶沙沙作响，我站在棕榈树下聆听着赞美的旋律。在这个上天安排的时间，我在北纬一度，是否跟当年那个乘船而来的苏门答腊王子一样，要邂逅一头狮子呢？那头狮身鱼尾——神奇的野兽，正在守护着新加坡这个从小渔港翻身成商业港的国家。历史在这里突然转向了，繁华如同当年满载而归的渔船一样，都在这座港口卸下了。

去酒店的路上，我真担心司机开错了方向，这是开往丛林深处，或者某处我还不知道名字的植物园？宽阔的道路两边种植着巨大的宽伞榕树，云一般的华盖在空中搭起天棚，很是雅致。市内处处繁花似锦，满眼的缤纷华丽。市中心拥有无数的高架桥和鳞次栉比的高楼大厦。都说新加坡旅游的景点最夺人眼球，可此刻我却觉得，最迷人的还是路

抬起头仰望，
满眼都是绿，尽是蓝

边的风景。你完全无法想象那些棕榈树，成精了似的，大得沧桑，绿得茂密，也多得吓人。到底是高大的棕榈树在挤占这座城市的空间，还是高楼大厦捷足先登呢？这个热带雨林般的世界，让我觉得自己一直悬浮在雅克·贝汉的某部纪录片所拍摄的森林之中，每一帧画面都仿佛是电脑合成的。树与树之间，比城市与城市、国家与国家之间，更容易让人感觉到有一种亲密的关系存在。

穿过跨海大桥，巴士走了半个小时，就到了圣淘沙。海风，海浪，海鸥，属于海的梦，在我的梦中起伏。我是睁着眼睛做梦的人吧，零星的茅亭，零星的椰子树，零星的人和云朵，沙滩上铺满了细腻而温柔的白沙，海面上激起细腻而温柔的浪花，这些都是我的眼睛看到的风景，又都存在于我的梦中。我并不急着去环球影城主题公园，尽管它是东南亚独一无二的，而且世界上最高的双轨过山车就在那里，可惜，那种高强度的刺激，并不是我所热衷的。我只想浅浅地品尝晚风中盐的味道，面对 10 层楼高的鱼尾狮，我的思绪像是发散的一缕檀香，飘渺无踪迹。人们看见吉祥的事物，就取了他的名；人们看见了吉祥的事物，就命名了他们的城。我们的名字和我们的城市，都是因为祝福而来。

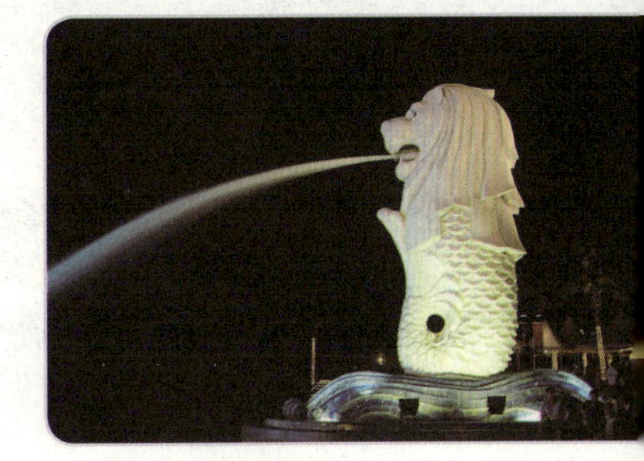

风情万种的夜色，无比柔媚的鱼尾狮塔

那是柔媚的夜色下，
像爱情一样甘美，
我获得赐福。
和星辰一样拥有自己的光芒，
可以照破心中阴霾，
这是吉祥之地，如当年王子所见一样，
胡姬花般灿烂。
天国的美降临了尘世，
在这片美丽的白沙滩。

鱼尾狮塔足足有37米高，它是新加坡的象征。传说，古代一个叫做圣尼罗伏多摩的王子，随国王来这里打猎，突然看见一头怪兽从眼前跑过，消失在一片美丽的白沙滩里，便问这是什么东西，人们告诉他是狮子。他认为这里是吉祥之地，便决定在此建国，而狮头正象征了当年那头狮子，鱼尾则象征了淡马锡古城。而新加坡也被称为“狮城”。

坐电梯到鱼尾狮塔瞭望台，天投到了海里去，海涌到了天边。此时，我如同一只海鸥，从层层叠叠的云堆里寻觅一丝斜阳的踪迹，从细浪腾挪的海潮中追索一抹落日的容颜。王子曾经坐过的船只，早已经成为遗迹；王子遇见的这头神兽，已经成为一种象征。入夜的海风情万种，不由得使我感慨万千。我追寻着一个梦想，真渴望这一梦想到头来仍伴随于我，成为我在这个世界上留下来的最美丽的身影，就像彩虹垂示着我曾经在上面走过一样。

夜幕下的霓虹正在装点圣淘沙，霓虹灯将鱼尾狮周围映衬得无比柔媚，宛如当年王子眼中的猎物般诱人而神奇。音乐喷泉飞珠跳玉，四周灯火璀璨，时光在此凝固，如同留在人们心中永恒绽放的胡姬花。眺望新加坡市区，满城灯火。人们穿梭在这片宽广的梦境之中，属于我的一个梦反而比路灯下的灯花还要幽蓝，那是一个全蓝色的梦境，回响着碧绿的涛声和银亮的桨声。

满城灯花，令人分不清是天上还是人间

我漫步在星光下，晚风简直能够把人熏醉了。街道干净得就像刚洗过一样，没有灰尘，也不见烟蒂和废纸，清洁的气息，不仅仅从你目睹的风景中传递过来，也从他们的经济、文化、日常行为中透露出来。都说新加坡的法制严、刑罚严，但我想这个弹丸之国的人们不仅在生活上，甚至在精神上都有一种洁癖，正是出于对美好的纯真向往和严格的自我约束，才使得他们生活的世界如同处理过的照片一样美轮美奂，宛如人间仙境。

第二天，去鱼尾狮公园。天气闷热，但蓝如梦境的天、抬头仰望的树、一尘不染的街道，当然，还有各种宗族环境下的外国人，依然清晰，明朗。现实的新加坡与脑海中的想象在这一刻重合了。

鱼尾狮坐落于新加坡的河畔，每天笑迎八方客，被称为新加坡的“招财狮”。一入眼帘，想到的名词是新加坡，形容词是华丽，还没想到第三个词，就被喷得一头水花。夹杂这水花的风，似乎有一种鱼尾狮特有的味道。

大鱼尾狮的塑像背面有四块石碑。附近还建有一座小鱼尾狮像与之相伴，底座有几股清泉涌出，清澈见底。它面向大门的方向，好似是对所有来参观的人表示欢迎。狮子的威严和鱼的妩媚，竟然如此严丝合缝地拼接在一起：

就像严肃的人突然也懂得了滑稽，
在正经话之后冒出一句玩笑。
人们错愕不已，并非不合时宜，
这样美好的时候，人们不应该辜负，
鱼尾狮呀，这样美好的形象，
人们不应该辜负。
在这温柔与峻烈之中，深藏着我们人类，
最深刻的思想，狮子和鱼都善于腾越，
腾越出它们的局限，向着美。

这是一个色彩斑斓的世界，
这是一个大胆活泼的国度

摩天轮雄踞在河岸上，金沙赌场顶上无边际的游泳池，如同一面巨大的镜子反射着夜空，星辰落在池中，如静止的热带鱼一般，闪着幽光。榴莲大厦在那些形似各种水果的大厦群里异常显眼。我沿着新加坡河慢慢地走，想，生活在这世外桃源里的居民，并没有在意我这个突然误入的游客，而且，我比那个渔人更幸运的是，我随时可以回到这座世外桃源里来。

为了一览新加坡的全貌，我去了花葩山，这里是这个海之王国的制高点，新加坡的美丽景观尽收眼底，眼前一派海国风光。而花葩山上的鱼尾狮，是新加坡的第三狮，通身如白玉般散发着温润的光泽，安静而庄重地守护着这个国家。忽然，我的心中闪过一个念头，在现代文明的旗帜下，我们似乎还拥有着图腾。

下山以后，顺道去了牛车水。据说，这座新加坡的中国城，以前的居民都以牛车拉水来清扫。现在却成了现代购物中心与百年老店相毗邻的商业街，每逢农历新年，这里最是热闹。走马观花了一阵，还是转道去了克拉码头，酒吧和夜店的聚集地。夜色到了这里，也要迷离起来，晃荡起来。这一刻难得的平静与安适，却不时被载着游客的

这是吉祥之地，如当年王子所见一样，
胡姬花般灿烂，
天国的美降临了尘世，
在这片美丽的白沙滩

机动舢板打破。河岸边，成排的餐桌聚坐着享用美食的人们，人们的笑容热情而浓烈。海风、烛光、食物的香味……朦胧间愈发显得别有一番情调。

我独自坐在新加坡河边，静静地享受我在新加坡的最后一个夜晚。美丽的天空下隐约流动着氤氲的热蒸气，粘在皮肤上，有些黏腻而浮躁。幸好有海风送来清凉，我闭上眼，想象着海之精灵随风飘荡，轻轻滑过我的身体，不作停留随即飘然离去。聒噪与宁静相互对比，喧闹与平和相互勉励，城市里的人开始寻找不同，寻求灵静，和那些真正与心灵契合却非所有人都乐于享受的静谧。我在码头上只是一个踩着节奏散步的人，我目睹这一切，旁观这一切，从中寻找宁静，就像寻找奇迹。

有人说，旅行就是从自己呆腻的地方到别人呆腻的地方去。我觉得，这样的说法只是浮光掠影，旅行的意义在于自己走过的路，领略过的风土人情。归根结底，旅行是一个取悦自己、丰富自己的过程，否则，也不会有那么多人喜欢“在路上”的感觉。

这一段新加坡之旅，像是沉在记忆中的五彩气泡，美丽非凡，却已渐行渐远。坐上回程飞机时，我莫名忧伤。回忆像是海浪，一波一波地，将狮城的点滴又重新聚拢在我的心头。随着海浪，我要洗濯的都已经洗濯。我知道时光不允许我倒转，人要尝遍千般滋味，才知道这一种滋味方是自己难以忘怀的。

2010.11.23

写于新加坡至杭州飞机上

情迷香港

我喜欢一个人静静地思考，有时候凝望那些日升月沉无家可归的忧伤，自己也免不了戚然。去远方旅行，其实是一个静化的过程，无论是繁华都市还是偏远秘境，我都会去寻找那个真实的自己，聆听心的声音。

在喧闹中寻找宁静，我以为最好的去处莫过于香港。香港，这个用梦打造出来的城市，就像一个水晶球一样，包裹着璀璨的同时，也包裹着脆弱。

——题记

（一）

人们在忙碌的生活中寻找什么？等他们空闲下来，是否像我一样按捺不住内心如潮的情绪？比如，春天来了，但我们有多久不再理会“春天”？有多久没注意过这个词语所拥有的光泽？在灯火辉煌的城市，四季都是灰色的，人们已经习惯没有春天。而我，只是想找回一点春天的感觉——那种略带躁动的宁静，像蚯蚓即将拱破泥土时的刹那。

心中本对“东方之珠”香港颇为倾慕，以前也走马观花似的游玩过，更确切地说是为了工作。相对于陌生的游客来说，去香港，我是回到陌生而又熟悉的地方。心情没有变得很好，但却很轻松，宛如老僧入定般的平静。

2009年的初春，我飞往香港。时值年关，周围充斥着急切、思恋、幸福和忐忑的情绪，像雾般弥漫着。同样的天地间，我却拥有不一样的心绪，生命从禁闭中释放出来，复苏的迹象就在我踩下去的每一个脚印里，宛若那一片片的桃花瓣随着轻风洒落在雨水中，在水的波荡下摇曳生姿。那是怎样的一种情绪？桃花流水，惹人怜惜。

这一切仿若梦境，折射着香港曾经的沧桑和现下的繁华

舷窗外，是晴朗的天空。和我在城市中所仰望的多有不同，这里是一个平视的角度，你为晴朗的感觉所包裹，它不是我所望见的，而是我所融入的。这晴朗的背景是无限透明的蓝，边上还有一簇簇的白云，似被人随处丢弃的玩具，又如飘荡的人生。

下午 17 点 50 分许抵达香港国际机场，在这里，各种交通路线像蜘蛛网一样覆盖到城市每个角落。每一条蛛丝都是香港的道路，那些高楼大厦就是落入巨网的飞行物。来来往往的人不过是露珠，垂挂在网上。你能看到一批又一批的人像货物一样被装卸着，与岛上大部分地区的宁静、清幽形成强烈对比。

入住宾馆，稍事休息后，前往维多利亚港。一路上所见的香港，霓虹闪烁，各种灯光交织，呈现出来的是一种成熟、婉约的风姿，如同一位经历过世事纷纭之后仍笑靥依旧的女子。海浪声是维多利亚港的低音部，汽笛声是维多利亚港的高音部，人群的喧闹声是维多利亚港的中音部，如此错落有致的声音，交织成一个梦的乐章。即将熄灭的灯火，如同因故离席的乐手，让我向它行注目礼……

这就是香港！一个无比繁华但又令人忘却繁华的城市，人们似乎将星河引入了城市，以致对繁星根本就没有了感觉。水中的海港将这一切吸纳进来，形成一个巨大的无声世界，一个魔幻的世界。海港恍若那魔镜，收藏着这里曾经的沧桑和现下的繁华，坚强的人看到的是

湛蓝的天空，绵延的白云，矗立的高楼，
定格在海滨长廊的好时光

努力，仁慈的人看到的是友善，创造的人看到的是繁荣。在这里，人们温习着旧日的辛酸，也享受着眼前的甜蜜。我的思绪随风解散到海上，星星点点落在浪花上，正是“此时无声胜有声”。

我所深爱的人间，它必有繁荣，也必有凋零。
我所深爱的事物，它和人间一样繁荣过，也在凋零。
像夜，迎来一个白昼时，
也在迎来一个休息日，
我所深爱的人间，它有浪花，也有浪淘尽时，
不必欢喜，也不必忧愁，
只要爱着并且爱过，
那都是美丽。

华灯初上时，人们在灯影中重叠着自己的身影，剪影一般在城市中穿梭。海风吹在脸上，带着点点咸味，伴着丝丝的愁绪，一切烦恼似乎全都被这幽蓝的海水所涤荡。

有人轻声地问我：“帮我们照个相，好么？”把我从沉思的井里打捞上来，把香港夜景划为这一家三口的背景，那是再好不过了。我真愿意拥着这一片温柔的夜色进入我的梦乡。我的梦不需要太阳，只要这样的灯火灿烂地照着；我的梦不需要月亮，只要这样的海风细微地吹着。

灯光映着影子，夜晚的维多利亚港，成了剪影的背景

（二）

第二天，当我行走在尖沙咀的海滨长廊上时，阳光把我的影子先是裁短了，又将它加长。不远处就是星光大道，从这里远眺，络绎的人群、湛蓝的青天、矗立的高楼、游弋的轮船交织成一幅美妙的海上繁华景致。画面在一格格地闪映、风景被一帧帧地定格，我似乎游离于忙碌的人群之外，坦然于相对的平静中——是啊，喧闹抑或平静始终只是人生路上的一点烙印。

人们为了给自己的生活乃至生命打磨出一种光泽，不惜将生命透支给社会，而社会是台巨大的打磨机器，最后人人发光的社会，也就把“人”挥霍光了。很多时候，我看到的几乎都是一个个关于“人”的符号……

香港是一座属于电影的城市，从20世纪70年代开始的香港电影的辉煌，给这座城市带来了无上的荣光，所以，星光大道的出现就在情理之中了。首先映入眼帘的是一座手持星球、身围胶片的雕像，香港人称之为“胶片女神”。只要身临其境，你会觉得有一股清新的芬芳在悄然地散开，蔓延至每个人心头。她像一枝傲雪的寒梅，伫立在喧嚣的尘世中，优雅淡然地绽放，无论左右身周有多少人注视着她，她都独自置身于天地之外，眼角眉梢，无不洋溢着自由奔放的气息。

唱出几段情，
做过几多段戏，
如若当中真有传奇，
无非因为你

她代表了香港电影以及香港人的信仰和追求，后面无数影人的手印则将实践和努力镌刻。

漫步在星光大道上，怀想香港电影与这城市的关联，的确是深入骨髓的。电影人与市民之间、与观众之间从不生分，仿若是邻居，有一种与生俱来的亲和力。诚如香港影人叶德娴在《如果没有你》中所唱的那样：

唱出几段情
做过几多段戏
如若当中真有传奇
无非因为你
你让我在这些年
试尽各种悲与喜
忠于我去演出自己
被你宠幸时
我似星一样美
但我深心中最动人明星只是你
我又有什么光芒
要是你欣赏眼光
未曾柔柔地燃亮我天地
即使给我再多没有你肯安坐
大半生演的戏唱的歌
又到底为何
风光给我再多
亮过满天星座
没有你的陶醉与感动
何用有我

香港是一座电影的城市，星光大道出现在这里，也便成了情理之中

一直很喜欢这几句歌词：“被你宠幸时，我似星一样美，但我深心中，最动人明星只是你。”香港这个城市与电影人的内心独白几乎是一模一样的，她没有凌驾于任何人之上的气势，无论在哪个角落，无论在什么时间，你会发觉城市与你休戚与共。所以，生活在香港的人何其幸福，因为他们始终是被宠爱的。

也正因为根植于这城市的是这样的灵魂，所以，香港这颗东方明珠，在璀璨和黯淡间，都不会失去她的光芒。“既然我已踏上这条路，任何阻碍都无法让我停止走下去”。百年来，她是如此坚定地走自己的路，同时又如此坚信自己的路是对的。这不仅是勇气的见证，更是智慧的迸发。

转身去湾仔的会展中心，我才发现这是一座“玻璃蓝山”，大片的蓝色玻璃，环绕着三道白色玻璃腰带，上面则覆盖着白色贝壳状的顶饰，宛若一只即将起飞的海鸥，人一到，它们就要惊飞一般。从水上仰望，它很有些悉尼歌剧院的气魄。凝望着它，不由得赞叹这是勇者的建筑，也是勇者的决心。

不由联想到内地的建筑，相比之下，香港的建筑给人的感觉首先是干净，细细体会之下，它干净的后面是果断，它把自己的线条该收的收，该放的放，诚如香港人的品行，精明实际，但又不失优雅。

香港建筑

（三）

会展中心位于港岛的中北部，其北侧就是与之齐名的香港金紫荆广场。金紫荆广场上，有两个备受世人瞩目的重要的景点。一是金紫荆广场的东侧，有座“永远盛开的紫荆花”镀金雕像，二是广场的西侧有座“香港回归祖国纪念碑”。两相呼应，见证着香港的沧桑历史和对祖国统一的期待与祝福。

我知道那是一个无比重要的日子，对于这个国家，乃至对于这个国家的每一个人，它象征着一次新的崛起。人们心里都在说“再也没有人敢欺负我们了”，属于我们的终究都会收回来的，人们在大街小巷欢呼的声音，10多年以后，我仿佛仍能听见。

我看着回归倒计时，我等待，
最重要的一次国旗升起。
它将带回来一座城市，
不仅仅是一座城，而是一段历史。
今天我站在这座城市，
我等待，我看着，
一切在欣欣向荣，
剩下的时间，是它新生的时间，
也是它成熟的时间。
人们未尝不爱他自己的祖国？
就像海鸥怎不爱大海？

下午去的是香港海洋公园，这里凭山临海，旖旎多姿，是访港旅客最爱光顾的地方。入场的时候人很多，随着人流，我不由自主地选择了观看海豚表演。随着训练师熟练标准的手势，海豚凌空一跃，娴熟、俏皮地完成各种动作。我爱海豚，不管是这里的还是大海中自由的，我爱它们游弋于蔚蓝大海中灵动的身姿，也爱它们发出的优美动人的“海豚音”。

我和许多人一样，伸长脖子站立着观看海豚表演。这是香港海洋公园里的奇迹，人们不得不赞叹造物的完美，天底下没有比海豚更可爱更完美的精灵了。为什么我们把海豚音称作天籁之音？那是一个人走到世界尽头看见尽头是一片冷酷仙境而忘却了他是怎么走到这里的声音。

香港海洋公园一天时间是看不尽、玩不完的。尽管我依依不舍，

为什么我们把海豚音称作天籁之音？
那是一个人走到世界尽头看见尽头是一片冷酷仙境，
而忘却了他是怎么走到这里的声音

也不得不随人潮涌向其他的地方。朋友说太平山的夜景很绚烂迷人，自己多次都匆匆而过，这一次不可再错过。

坐缆车到了太平山顶，登上凌霄阁鸟瞰整个香港，我看到的就是一个镶满了珠宝的盒子被打开的瞬间，这是最美的瞬间，灿烂的星河蜿蜒在地上。光和暗，流动和静止，虚幻和真实融合在这个都市中。我感觉自己好像并不在山顶，而是从云层中窥视人间的美景，又好像自己融入一片星河之中。远处的维多利亚港，从阳光下的真情少女变成了朦胧微醺的少妇，两岸的摩天大楼发散着柔和的激光，白天那刚毅的线条不复存在。激光虚幻的身影，不停地扫射着熟悉的地方，有些却陷入黑暗中，不再出来……

后来，当我漫游在卢吉道小径时心想，太平山顶与这小径竟是如此鲜明的对比，一个重，一个轻；一个繁华似锦，一个清秀如水。人生的幸福不正是在乎浓淡相宜么？

犹如一个镶满珠宝的盒子，
犹如灿烂的星河蜿蜒在人间，
让人如痴如醉

（四）

8 日，趁着晨光初起，我前往黄大仙祠。

黄大仙祠可以说是香港香火最旺的庙宇之一。黄大仙本名为黄初平，原在金华牧羊，15 岁时得仙人指点得道而隐居赤松山，故号称“赤松仙子”。黄大仙的故乡在金华，可是黄大仙祠的兴盛却在香港、澳门等地。这是一位充满了传奇的神仙，人们如此信奉他，就是因为他不立教法，大开方便法门。有求必应、问病得治、问事立决是香港人信奉黄大仙的主要原因。在香港人心目中，黄大仙是有求必应的神。无论事业、学业、婚嫁、问事、出行、健康、钱财、生育……凡是大事之前，都要到黄大仙那里烧一炷香，求一支签。正因为如此，黄大仙祠的香火一年四季不断。

黄大仙祠的前庭比较热闹，后院倒显得幽静许多。闲庭信步，前面的湖面上排着一段走廊，边上是一道石墙，飞檐瓦楞。石墙上刻着 9 条形态各异的真龙，湖面上是一条飞跃而上的金鱼，尾部似有祥云，

不立教法，大开方便法门，黄大仙便成了港人心中的有求必应的神

这正是“鲤鱼跳龙门”吧。人世间又有多少人从这尾鲤鱼上看见了自己？我也愿化做那条不屈的小鱼，凭空一跃，脱离永世轮回。

离开香港，我从尖沙咀坐“飞射喷航”飞渡澳门时，我知道，等待我的将是一片开阔的镜海。“少年落拓躬身行，徒手拔撸淘尽沙。呕生待得功成时，苍茫天地是我家。”如此，我的世界开阔于眼前的波澜壮阔，我的梦想更生于未来的眼界大开。匆匆退去的是昨日的繁华，款款而来的是今朝盛世。

2009 年春天

写于香港

人生的缘分只看是否触动了你的心弦，好比一首老歌在海风中若隐若现地飘过来，彻底打湿了你的记忆。就在那一瞬间，你被俘获了，而将你俘获的人或事，在你的心里复活了。

——题记

澳门：镜海中的莲花城

澳门大桥

澳门，是一座赌城。与蒙特卡洛、拉斯维加斯并称为世界三大赌城之一。

澳门，多少人将它与灯红酒绿、纸醉金迷联系在一起，仿佛这就是个物欲横流的城市。然而，去过澳门的人，对它会有另一番不同的印象。如我，喜欢澳门的精致和永恒，喜欢城市里幽静的小道，喜欢在那极致的繁华中体会孤单如莲花般静静绽放。

高架海上的澳门大桥，如一条白蟒横亘眼前，从外港通往内岛，只有这一条路可走。海面上时不时地飞过一艘艘游艇，货轮慢悠悠地不知驶向何处，高楼林立在岸上，等同无数的桅杆耸立在巨大的船上，阳光落到玻璃上，又被散射到地面，碎金般的光点将这座城市点缀得恍惚迷离，也使我感到一阵眩晕。

澳门是中西文化的融合和再凝固，数百年的风雨沧桑在空气中孤独地弥漫，忧郁而安静。穿行在澳门的渔人码头时，犹如身处幻境，仿佛一会儿出现在古罗马的大街上，一会儿穿行在大唐的宫墙外；一会儿陶醉在希腊神话的意境里，一会儿沉浸于封神传的追述中。这倒颇有点趣味。澳门，实实在在是“一只五脏俱全的麻雀”。

站在澳门的土地上，难以想象我是站在汤显祖当年笔下描写过的地方，葡萄牙文学之父卡蒙斯也为这里留下了赞歌，眼前的美好似乎要让我们几乎忘记了这里曾经遭受过侵略。可闻一多的《七子之歌》总是会响在耳畔。在澳门回归那一年，聆听了太多遍“但是他们掳去的是我的肉体，你依然保管着我内心的灵魂”。直到今天，我依然还能感受到那诚挚而深沉的爱的倾诉。

我很喜欢渔人码头清静的欧式风格。一个人漂泊至此，还有什么不可以放下？街上人群如浮尘，小路细碎，我不在乎，也不觉得浮尘、小路不值得看顾。我想起这多年来的漂泊，以前一个人从一个港口漂泊到另外一个港口，寻找的不是浪漫却是真实。后来，漂泊成了习惯，异乡的风月里，心如静波。偶有友人一道，共寻天涯尽头。分别时潇洒地挥手，不带走一片云彩。

如今，我有了自己的港口，成为了那个港口的守夜人。如今的我即使游荡在陌生的城市里，心底也总存着丝丝的暖意。多年的行囊已经放下，在这一片小小的天地中，我将自己慢慢地融入其中，坦然地漫步在那小道上，此情此景似乎很熟悉。我如同时间长河里跳起来的一朵浪花，爱着自己跳出来时见到的那条汹涌的河，它将我带来，让我停留。

偶有友人一道，互寻天涯尽头

我是守夜人，真实是我的码头，
融入这座城市的也融入我。
像青铜像一样古老，因为我放下了，
我所希冀的，剩下的，
也并不绝望。
人们有希望的盒子，就像需要化妆盒，
但人们也需要绝望用来看见。
我们守住的废墟，
在白昼下是如此明晃晃。
我是守夜人，我遮住人们的眼睛，
就像云遮住月亮，梦遮住真实，
而真实是我的港口。

我是守夜人，我遮住人们的眼睛就像云遮住月亮，梦遮住真实，而真实是我的港口

我们寻找的，是真正属于自己的名字，而这里，就是澳门的名字

去大三巴牌坊，是因为人们都说“到澳门不看大三巴牌坊，等于没有到过澳门”。当年圣保罗教堂的前壁，在风雨的剥蚀下更显沧桑巍峨，顺着台阶往上走，刀斧雕琢的记忆在石头上呈现出凌厉的纹路，即便如此古朴典雅的建筑都透露出一股极其浓厚的悲伤，让我觉得信仰本身就包含了悲伤。

澳门，这个被闻一多所吟唱的“游子”，300 年来念念不忘的，就是听到有人唤他一声乳名。当年，经容韵琳之口唱出来时，多少老澳门人热泪盈眶？其中辛酸苦楚，只言片语又怎么能道尽？我想，人在这个世界上所要寻找的不是父母为我们所起的名字，而是你自己为自己定义的那个名字，那是你真正的名字，是你魂魄的所在。

大三巴牌坊

我在大三巴牌坊驻足良久，听一位老先生诉说起吴历的故事。默默地听，声音就像水流一样浸润着周身。

我不是为了学到点什么，而是为了感受那段历史。几百年前的康熙时代中期，吴历为了学习异邦的宗教教义“远从学道到三巴”，刻苦地学习与中国文字完全不同的艰涩难懂的拉丁文。他在诗中记下了学习的艰难：“灯前乡语各西东，未解还教笔可通。我写蝇头君写爪，横看直视更难穷。”他在这座大教堂里待了三年，最后以一个天主教传教士身份回到了家乡，并成为中国最早的天主教神父之一。

尽管我对宗教兴趣不大，但我仍是服膺于吴历的努力，人活着并不是为了什么历史地位，而是在当下为自己的信仰、为自己的喜好将生命尽情燃烧，并从来不问这样的燃烧能带来什么回报。吴历的灵魂是到了西方的天国还是进了中国式的极乐世界？我们不知道。同样，吴历在世界艺术史、宗教史上的地位，我们至今也没有完全了解。我和他一样么？也许一样，也许不一样。

暮色下，我坐在咀香园品尝着“马介休”，口齿留香的小点心，更可以看出澳门的精致来。夜色中的小道，有时让我误以为只是一条可以卷起来带回去的缎带而已。

到了澳门，妈祖阁是不能错过的。在澳门路环高山上，海神妈祖端坐一方，保佑着渔民能够平安出入。和黄大仙一样，妈祖几乎是东南沿海一带最受人尊敬的神祇。来到妈祖阁，只见门上题写着“德周化守，泽润生民”几个大字，香火缭绕阁顶，络绎不绝的信众昭示着妈祖在人们心中的地位，

妈祖阁——人们寄托希望的地方

这个世界仍是我们仅有的暖房，
有柴火，也有焦灼，请相信，有痛苦必然
不会丢了幸福

绝非一般人可比。领袖也只能领袖一时，而妈祖却可以被人供奉数百年，甚至更久远。其中的道理不过是人们将人世间最好的心愿都寄托给了妈祖，而妈祖也护佑着人们所寄托于她的所有希望。或许，在人们心中，妈祖更像是一位母亲。外出的儿郎久不归，自己的母亲就是这般的眺望、保佑和想念着他吧。唯有对母亲，大家才会这般永久地尊敬。

这就是民间的信仰，瑰丽、生气蓬勃，又纯洁之至。
我不能说这就是一切，没有什么，
将我带到这一切的美好之中。
但我相信美好的事物终归要来，
就像起风的日子，落叶会下来，
我们一旦相信这个世界会好，
这个世界就在变好之中，
所以不必为星辰的陨落伤悲，
这是它要陨落的时候，
不必为孤独而忧愁，因为孤独包含了，
多数，就像夜里睡着的花，
它们含羞待放，需要一个晚上，
不必着急，这个世界，
仍是我们仅有的暖房，
有柴火，也有焦灼，请相信，有痛苦，
必然不会丢了幸福。

所谓的深信，不过是深深地执著于自己对美好的事物的某种设想，但这种设想并不会给美好的事物带来损害，对妈祖的信奉即是如此。妈祖使我们凝聚在一个共同体之中，但又不必排斥外界的信仰。多元宇宙下的多元生活，必然拥有一个多元信仰的空间，使我们能够共同生活在同一片天地中。

从妈祖庙出来，独自行走在金莲花广场。莲花是澳门的象征，从周敦颐的《爱莲说》中，我读到了“出淤泥而不染”，也读到了“只可远观而不可亵玩焉”。这足以说明澳门这座城市了，它是镜海之中的一座莲花城，这里有的是自强的澳门人，而不是如我们所猜测的只浮荡着来自世界各地的赌徒的城市。物换星移，我惊诧于澳门的美丽。今天的澳门，确实如同一朵绽放于盛世的莲花，让人动容。它的美既不是落霞般的明艳，也不是朝阳般的绚丽，只是一种清幽而洁净的纯美，一路沧桑不掩此生雍容。

海上莲花城，澳门

葡京大酒店，我只能用“金碧辉煌”来形容。但繁华而喧闹的尘世，却将我裹进了一种不知喜、也不知悲的处境。我是随这座城的喜而喜，随这座城的悲而悲。我几乎把自己也看做一个澳门人了，尽管我伸手捕捉的仍是一缕来自我心底的叹息的风。席卷我的忧愁，不正是为了那句“孤单，是一个人的狂欢；狂欢，是一群人的孤单”么？流行孤单的时候，人们狂欢；流行狂欢的时候，人们孤单。

他高高在上，你进来出去全在一念之间。他守护这里，但不会仁慈，他俯视这里，但不会慰藉。掌握命运的不是别人，就是你自己。徜徉于葡国风格的小块花岗岩路或是中国风格的青石板路，我渐行渐远。

我想在这个世界独行。最后，我知道我必须回到我的起点，因为凋谢的会再开，这就是永恒。但寂寞过后，不知道让我深陷寂寞的事物是否在未来依然占据我心？港澳之行，让这颗被寂寞、浮躁侵扰的心，终于回归到了以往的平静与淡定。这趟旅行，释放了我的勇敢和自强，拓下萦绕我一生的信念，我将继续自己的行程。

16 点 40 分，我到达珠海港口，隔海最后望了一眼远处的岛屿，再见了，澳门！再见了，镜海中的莲花城！

2009 年春天

写于珠海

澳门，
镜海之中的一座莲花城

山水浮雕：桂林

当我从一件件山水浮雕中阅读桂林之美时，忽然觉得，如果没有行走的生涯，我们也就不会有“吾生也有涯”之感叹。正因为不断地行走，那些曾经被我们丢弃在时间里的有关生命意义的思考，得以在生活的进程中再次浮现，并一次次地被重新诠释。

——题记

山水甲天下，这是世人给桂林贴上的标签，被这个标签吸引到这里的人，多半是冲着山水景致而来，象鼻山、漓江、阳朔……一趟下来，似乎是为印证某个传说。

有首歌这样唱桂林：“我想去桂林呀，我想去桂林，可是有时间的时候我却没有钱；我想去桂林呀，我想去桂林，可是有了钱的时候我却没时间……”人们尊奉“时间就是金钱”已经年深日久，旅行也就难免被时针、秒针牵绊，一日游或三日游，似乎连你行走的步数都是规定好的。只是，当人们来不及细细品味这里时，自然会感叹，原来，这里和想象中的桂林还是有不少距离的。

3 月的桂林，确实有些出乎我的想象。午后 2 点，我降落在这片细雨微蒙的土地上，这座山水之城已被数层轻纱笼罩，如同羞赧的少女初遇意中人，“犹抱琵琶半遮面”。在这里，时光似乎有说不尽的柔软，一如锦缎在手，满手的光晕都是韶华。在酒店安顿好后，即刻就奔向了城中最为知名的正阳步行街。

看不穿的山，望不尽的水

一丝烟雨，二次回眸，三生有幸

正阳街

桂林的名字取自“桂花成林”，在正步阳行街上的入口处，就可见8株桂花树，虽然不是秋季，却可以想象桂花细雨的浪漫景致。由街口放眼望去，正阳街街道两旁的建筑物，多是汉唐时期的亭台楼阁，同时也散发着桂北民间建筑的浓浓风情。尤其是那些栩栩如生的桂林山水浮雕，每时每刻都在提醒着我，千年老街，不变的是它根本的气质。

全国各地，城市中的步行街并不少见，如上海的南京路、北京的王府井、杭州的河坊街、厦门的中山路……相形之下，桂林的正阳街名声不大，街道也不长，更没有日夜不断的游客。但是，正阳街却是闲适的、悠闲的，街道两旁有许多咖啡厅、酒吧和餐厅，桌椅就放在步行街的一隅。常有三三两两的外国人，惬意地一边喝着啤酒，一边

桂林米粉，
简单清爽的配料，
美味精华贵在那份卤水

打量着形形色色的路人。在他们眼中，中国的路人也是一道奇异的风景吧。

既然到了桂林，自然要吃桂林米粉。我随意走进一家神卤米粉店，里面已是人头攒动。坐等良久方才端上来一碗，尝了一口不禁感叹，千年工艺都在一碗米粉里。怪不得人说“吃碗米粉，三生有幸”，这让我想起母亲做的手擀面，个中滋味无以言表。亲恩难报，唯有一点思念，时时挂在心头。

一路有小雨同行，诗情画意，不禁想起邓丽君演唱的一首歌：“江南人，留客不说话，只有那小雨沙沙地下……”好一幅情深深雨濛濛的意境。桂林就像一个大公园，城在公园中、公园里有城市，正阳街应该就是这个公园的中心，而七星公园、王城、两江四湖、叠彩山、象山就环绕在四周。

五彩的灯光打在岸边的树上，
斑斓的树影倒映在湖面上，
交相辉映出一个梦幻迷离的夜光世界

从正阳街信步而出，就到了漓江边上。滨江路的两边长满了上了年岁的高大树木，这应该是桂林最美的道路。一年四季，这里到处是绿色。很多人在滨江路旁锻炼身体，打太极拳，也有人在路旁学跳交际舞的。江边还有不少人在钓鱼。

两江四湖

夜幕渐渐降临，恰是“两江四湖”夜游的好时光。

要欣赏如今的桂林城的妙处不得不游“两江四湖”，所谓“两江”是指漓江和桃花江，“四湖”则是散布于桂林市区的杉湖、榕湖、桂湖和木龙湖。水绕城，城环水，两江四湖的环城水系，构成了一个绝佳的城市景区。据说，“两江四湖”最早形成于北宋年间，当时榕湖、杉湖、桂湖上舟楫纵横游人如织兴盛一时。不过，由于年代久远，一些湖塘已经被填没了。为了再现当年桂林“水城”的繁荣景象，恢复北宋年间水上游城意境，桂林市重新开发了“两江四湖”，并于2002年6月2日通航。由此，“千山环野立，一水抱城流”的两江四湖

成为桂林旅游的一张名片。

夜幕下的石拱桥

“两江四湖”可以日游，也可以夜游；可以徒步沿堤漫游，也可以坐船行于水上。当然，最舒适也最能欣赏到两江四湖景致的，莫过于乘船夜游了。坐在游船上，只见沿岸树影绰绰，各色灯光照在树上，或绿、或红、或黄，这七彩的灯光又倒映在江面、湖面上，交相辉映出一个梦幻迷离的夜光世界。“两江四湖”共安装了4万多盏彩灯、射灯，形成了绿树照明、桥梁照明、山体照明等多个照明系统，营造出一个流光溢彩、五光十色的夜桂林。如果不是在水面上看，灯光的效果无疑会被打了折扣，在灯光映照之下的湖和江，也更加清明幽静，如同童话天堂。

广州有珠江夜游，大气，壮丽，随处都透露着现代科技的力量；南京有秦淮河夜游，吴侬软语，莺莺燕燕，游一趟下来免不了沾上一身的脂粉气……桂林两江四湖的夜游，似乎更类似于杭州的古运河夜游，但又比后者规模更大，景致更迷离更丰富。四湖中，榕湖、杉湖，还有桂湖原来都是唐宋时期桂林的护城河，乘船夜游，时空竟在一条河流的曲折流转中几度交错变幻。人生如梦，是幻是真？而湖中一花一木都非凡胎俗品，俨然一座名园，观漪桥之典雅，宝贤桥之精美，丽泽桥之大气，西清桥之别致，令人目不暇接。一路行去，一颗心都掉

灯火辉煌的湖景

自水中绽放，我们
如同花瓣，互相依靠

到了光与影中，通透明亮起来。

乘船夜游还有个好处，那就是可以看到桥底下的秘密。江和湖连接处多桥，密集处几乎是三五步就有一座。迎宾桥、解放桥、榕溪桥……有的是模仿赵州桥而建，有的则像是金门大桥，而在每座桥的桥底下，都有很多绘画和雕刻，镌刻着描绘桂林山水的古诗词，还有些雕刻着充满童趣的儿童画。而木龙桥下的摩崖石刻和仿造的熔岩地貌，更让人叹为观止。这些石刻字画，透露着桂林城的文化内涵。

夜色中人们会忘了桥真实的模样，因为灯光点亮了另外一个世界，一个亦幻亦真的世界

船经过几道闸门和无数座桥梁，杉湖到了。日月塔顿时映入眼帘。日月塔是世界最高的水中塔，也是最高的铜制建筑，有日塔和月塔组成。日塔为铜塔，共9层，高41米；月塔为琉璃塔，共7层，高35米。在灯光的照射下，日塔的雄健清刚，月塔的细腻瑰丽，相互映衬，动人心魄。它们与象山上的普贤塔、塔山上的寿佛塔相互呼应，素有“四塔同美”之誉，日月相依成塔，天地俱在湖中。此时，游客们争相挤到船后的狭小甲板上，拍照留念，我静静地坐在船中，欣赏这聚集了日月精华的美丽。

已经随风而逝的风景，
在水波中摇曳，
星光遮掩着一个无眠的夜晚。
而音乐摇撼了季节，
不论是桥，还是塔，
不论是人，还是树，
都在孤独中沉没。
直到随风而来的另一种风景，
自水中绽放，我们，
如同花瓣，互相依靠。

船绕湖行，当人们唱起《刘三姐》的插曲时，船已划过戏台，余音落于身后，袅袅不绝，在夜空泛起了层层娇柔的涟漪，到了远处，依然有丝丝缕缕的余音划过耳畔。如果说桂林是一件山水浮雕，那我愿意成为工匠们落在这件翡翠上的细微的点缀，这是多么幸福的事！不论沧海桑田，我都在美的事物当中，哪怕是如同一点瑕疵，也是美人腮下的一点痣。

湖中的游船

漓江

传说中“甲天下”的桂林山水，其实是漓江山水。漓江才是桂林的灵魂。俞安期有“高眠翻爱漓江路，枕底涛声枕上山”之句，足见漓江在历代文人墨客心中的地位。天地之造化，如此神乎其神，怎能不让人赞叹备至呢。

虽然隔日的天气不算太好，略有阴云，我却丝毫不担心。漓江的绝妙之处，就在于不愁天气变化，因为不同天气中的漓江拥有不同的景致。晴天，看青峰倒影；云起时，看漫山云雾；雨天，看漓江烟雨。阴雨天，江上烟波浩渺，群山若隐若现，恰好能观赏到浮云穿行于奇峰之间。

船沿着漓江由桂林往阳朔行去，首先映入眼帘的就是象鼻山。天底下没有如此高迈雄浑的大山状似巨象了，一条长鼻深入江中饮水，在象鼻和象腿之间的缝隙犹如明月临江，故有“象山水月”的美名，与象鼻山相对望的则是穿山，山间有一大洞叫月岩，远望如月悬空。

船走得太快，不等我一一将它们细细观赏，船已经过了净瓶山，抵达奇峰镇，山峰状若一群士兵，日夜护卫着这片山水。出奇峰镇又至父子岩，父子岩独处漓江与相思江的交汇处，传说古代有父子二人，都是造船能手，逢荒年被财主捉去造船，运粮食到合浦换珍珠，二人违命入岩洞饿死，为纪念他们，后人将此处定为父子岩。想到传说中的情景不免伤感，心似乎没有跟上船的脚步，片刻之后，抬眼看看四周才发

象山水月

现已经到了大圩镇，大圩镇形成于明代，是广西四大圩镇之一，圩镇也就是集镇的意思，大抵湘、赣、闽、粤等地区的农村集市都是如此叫法。

山水相依，好一幅自然画卷

再往前行，破浪而来的则有大宝滩、小宝滩、碧崖阁、九牛三洲、黄牛峡，直抵斗米滩，一路峰峦俊秀，两岸满眼叠翠，古人说的“浪花飞雪卷万瓦，船下高滩疾如马”，倒也能够说中几分。

漓江水不算得清澈晶莹，但通体翡绿，可以想见夕阳西下时，江面浮光跃金静影沉璧，此地虽非洞庭湖，但《岳阳楼记》中的景致也可在眼前重现。乘船游览在漓江之上，就像徜徉在一条迂回陡转的翠绿大理石巷道中。这巷道不曾有霓虹灯的装饰，也没有喧嚣的繁华，有的只是两岸叠翠的峦山和奇异嶙峋的黛石。

由杨堤到兴坪古镇，是80多千米漓江水路中最为精彩的一段，船行江上，水环峰转，景色变幻无穷。只见两岸群山如千万株玉笋破土而出，青翠欲滴，碧波倒影山水含情，恍若置身仙境。鲤鱼滩、黄布滩、九马画山，人民币20元纸币上的风景一一呈现。一程复一程，漓江的神奇魅力在这里得到了充分展现。明代大旅行家徐霞客从桂林到阳朔畅游漓江，留恋10天之久，称这里是“碧莲玉笋世界”，我想，大抵说得也

大自然造就山美与水清

应该是这一段吧。

山水本无意，见者却生情。到达阳朔时，眼睛和心灵似乎仍然停留在漓江的美景之中。当西街的汹涌人流扑面而至时，一下子有点恍惚。沿街的人与景物如同漓江上的一点涟漪，渐渐扩散，又如同我遇见一只贪睡的猫，既可以蜷缩在屋角做梦，也可以跳落在我的梦里慢慢地走——

似乎随着它轻柔的步伐，
我已经走出日光的笼罩，
我轻盈如烟气，
我靠制造幻想的种子，
使自己如同田地一样，
使幻想壮大，我已经完善了梦境。

去过丽江、凤凰古城的人，不会对阳朔的西街有太大的兴趣，这里的咖啡馆、餐厅、酒吧、音像店和别处没有太大的不同。但是，因为它们在阳朔这片神奇的土地上，于是，还是会有一层隐匿的光晕笼罩着这些平庸的小店。西街是地球村，到处都有不同肤色的外国人，不同的语言钻到我的耳朵里，没经过任何一种语音切换程序的处理，但依然是那样的自然、柔和，让我感到无比惬意。

一层隐匿的光晕笼罩着平庸的小店

夜晚，去看了张艺谋的《印象刘三姐》，火把的倒影映在江面上，一束一束，一团一团，把江水染红。紧接着，数百

条火红色的绸缎覆盖在江面上，渔者踏着小小竹排而来，拉动绸缎，游走在江面上。火红色的绸缎如同波浪一般，上下翻动，场面蔚为壮观。此时，江水也被染成了嫣红，就像一片火的海洋，与两岸银白色的灯光交相辉映。渔者就像跳动着的音符，在火红的五线谱上，谱出曲曲动人的歌谣。

《印象刘三姐》的大部分演员都是当地的农民。白天，他们在田野间劳作，在河流上捕鱼，晚上，他们来到这里演出，而“戏服”就是他们平日劳作时穿的蓑衣，或者短褂。一个个让我们看起来很是新鲜的动作，实际上是他们日日重复着的采摘、捕捉和耕耘……忽然想到，灯光再美丽都是可以复制的，舞台再精致也是可以花重金打造的，但《印象刘三姐》的与众不同之处，在于它呈现的是一种原生态的生活，它是演出，更是一种日常的呈现，或许，这正是它经久不衰的原因吧。

演出结束，“唱山歌，这边唱来那边和”的风景已经随一叶小舟远去江天外，星星点点的灯火惹起人的无尽思念。我总不知这里的人们，为何能够这般无忧地歌唱。“世上只有藤缠树，哪有树缠藤”的浪漫早已开遍了心头，“连就连，我俩相交定百年，哪个九十七岁死，奈何桥上等三年”的娇憨轻易地撞开了心门。执子之手，与子偕老的浪漫让人期许，永恒似乎就该存在于这里。

我期待能够带着一份承诺再来桂林，在那个太阳照常升起的黎明，我有我的永恒，需要托付在那双与山水两两相望的眼睛里。

2009.3.16 凌晨

写于桂林

白鹭带我去厦门（上）

不论天涯海角，总有走到头的时候。各自的内心，却成了经年不能走到的地方。厦门却不同，在这个城市里行走，你仿佛是牵着自己的心灵在散步。

——题记

厦门古时候只有白鹭栖息，所以它被称为鹭岛。也不知道是哪个人先上了岛，从此人丁兴旺。到了宋代，因为岛上出产“一茎多穗”的稻谷，厦门也就成了“嘉禾屿”。千百年来，白鹭依旧年年来，所以，当我跟随白鹭一路来到厦门时，不由得想起了李商隐的“蓬山此去无多路，青鸟殷勤为探看”的诗句。

而今，去厦门旅游的人越来越多，我不知道他们为何而去。或许是为美食，或许是为购物，或许是想吹吹海风以排遣寂寞消磨时光，再或许，只想牵着另一半的手从街头走到街尾……我属于哪一类人呢？我想，我是牵着心灵来散步的人。在厦门的每一天，都是自在而快乐的。什么也不用想，只想厦门——你可以在海边吹风看浪花；可以坐在铺满落叶的草地上晒太阳；可以去追问每一朵花、每一棵树的名字；还可以面朝大海发呆无所事事……这是多么奢侈的幸福。

远天和深海各自呼应，消失不见的线条，划入我心，牵引着……

夏夜里的中山路，满满洋溢着雅痞的潮味，若不是耳边飘过的闽南话，我会分不清自己身在何处

中山路

到厦门是夏天，夏日的海风吹着我，一直吹到夜色在我眼底渐渐浓厚。我喜欢厦门的夜，白日里的燥热随着海风消退，霓虹又延续着迷幻的日影，使人目不暇接。徜徉于中山路上，只见人流如织，一派繁华景象。在这里，孤独的人在街头和街尾总能互相认出，他们的眼神总要比常人更缓慢，话语更迟钝，一声悄然袭来的问候，都带有唱片机日益磨损的声音。

有人把中山路的夜市与台湾师大夜市、香港铜锣湾相比较，不仅因为这三个地方都是雅痞的集散地，而且也因为它们都是美食、购物的好去处。中山路两旁的骑楼，一如广州骑楼的风格，但在广告牌霓虹灯的妆点下，少了白日里的古朴雅致，倒洋溢着时尚的潮味。走在路上，人们会被小弄堂里飘出来的美食香味和小贩们的吆喝声吸引过去，四通八达的小弄堂是中山路带给游人的小惊喜，也许也是游人在行走过程中的下一个路口。

街边不时飘来一串串闽南话，令我想起那首流传甚广的《爱拼才会赢》，“一时失志不免怨叹，一时落魄不免胆寒，哪怕失去希望每日醉茫茫，无魂有体亲像稻草人”，直到抛出最后的一句“三分天注定七分靠打拼，爱拼才会赢”，方能品出闽人的不凡，他们对天命的信奉完全寄托在人的努力上。人生如旅途，坎坷崎岖也好，平坦通达也罢，都是一步一个脚印走出去的，只要前行的脚步不止，脚下总还会有一条路为你铺设。而你是否拥有冒险家的梦想和精神？是否还愿意迈开大无畏的步子呢？正所谓“莫愁前路无知己，天下谁人不识君”！

于我而言，旅行就是这样。从这个国家到那个国家，从这座城市到另一座城市，沿途的风景之所以吸引我走下去，就在于它们始终处于变化之中。尽管有无数的岔路，但只要专注，就不会走错方向。尘世间的现实往往是“朋辈相识不满百，知心可交无一人”，能够千万里一路追随，只是明月清风、山河大地而已。

平静拥有一种魔力，
如同潮信总是会来。
卷走我的忧郁。
恢复贝壳般的坚定，
情绪似沙砾，
使我灵魂有珍珠。
远天和深海各自呼应，
消失不见的线条，
划入我心，牵引着，
巨大的鲸群，
给我以新的生命。

一路穿行走过中山路上的人群，
我会在下个路口遇见谁？

一路穿行走过中山路，走出人群，走向下一个路口，我嗅到了咸咸的海风……

我喜欢海，时而平静时而欢腾，每一次潮起潮落都恰到好处，不轻不重地拍打在我的心间。海有一种神奇的魔力，它能够让我的心情沉淀下来，所有不好的情绪都会被浪花一一卷走，越漂越远，远到海与天的交接处，然后消失不见。

鼓浪屿

“是这样的一个小岛，如果你对它一无所知，打动你的除了那蓝天碧海以及无车马喧嚣的安宁，再无其他。或许，你会抱怨如今空气不再那么清新，沿街的叫卖太扰耳。可是，如果你避开人群，拐入那些僻静的巷弄，听那些隐约的琴声，或者干脆转入一条上山的小路，在那些破败的院落前忡怔着，终于神思恍惚起来的时候，鼓浪屿的真正魅力才会逐次向你展开——在那一刻，你渴望触接它、渴望深入它，犹如它与你的前生有着奇异的渊源……”

这是一对名为 Air 的夫妇在《迷失·鼓浪屿》中写的一段话，我深以为然。鼓浪屿，就是一个让你走进去就能产生巨大的心灵共鸣的地方，“犹如它与你的前生有着奇异的渊源”。

鼓浪屿与厦门仅一水之隔，如同浮在海上的一个滚圆的浮标。原本安逸闲散的无人岛屿，如今已是沸反盈天的“热岛”。或许只因形似，这里旧名圆沙洲，又因为岛的西南方有一块礁石，每当涨潮，浪击礁石如擂鼓，于是明

鼓浪屿与厦门只有一水之隔，却风格迥异，一边是摩登的高楼，一边是温馨的民居

街角，能否遇到一个丁香姑娘？

代更名鼓浪屿，岛因礁石而得名，数百年未曾更易。

鼓浪屿上没有车，连自行车都没有。所以不管去哪里，都得步行。在这里，最好的游玩方式就是放弃计划，放弃目的地，抛开一切地图指南，忘记时间，尽情迷失。一个人穿行在小巷中，没有方向，只是优哉悠哉地欣赏沿途的不同景色。小巷子里，你能看到小情侣疯狂地拍照，肆意地奔跑；转角，如果能看到如丁香花般的女孩独自行走，那该是多么惬意的事情呢？当然，还能看到一队旅行团过后，几个因为忙于拍照而掉队的年轻人在拼命追赶……他们的自由自在、无拘无束也感染到了我，让我的心也跟着轻盈起来。

人们称鼓浪屿为万国建筑博览会，因为岛上的建筑包容世界各地的风格。它们有些是旧时别国领事馆，有些是名人故居，有些是咖啡馆旅店，有些是寻常百姓的小院落。真可谓别墅林立，张显万种风情。每一栋房子都在讲述自己的故事，它只需要一个善于倾听的人俯耳相就。寻常百姓与豪门贵族也可以比邻而居，罗马柱和牛腿竟然也可以置身同一空间里，哥特式的尖顶、巴洛克式的浮雕、伊斯兰的圆顶和闽南的平顶丝毫不冲突。这些被童话所装饰着的建筑，让人们的生活趋于童话。一座小岛足够令人五味杂陈，这座琴岛上的每一扇窗户都成了音乐之窗，随处闪现的花瓣、落叶以及清脆的鸟语声就是最动人的旋律。到了夜间，灯光映照树影，处处暗香浮动，以至有了“杂桂还如月，依柳更疑星”的猜想，真是处处斑斓。

万国建筑的点缀，使得鼓浪屿拥有与众不同的气质，但穿行在其中，更让人感动的却是随处可见的一些小景致、小浪漫和大惊喜。比如某间咖啡馆门口的一个邮箱，某个旅馆的幽默招牌，某个流浪歌手的演唱等等。在这里，绿树红墙，上坡下坡，每一条小路都有意外的惊喜。鼓浪屿拥有太多的小店，各种小清新，各种小温馨，各种小浪漫，也许有人说这是过度的商业开发，但在我看来这就是这座岛屿的独特风格。

到了鼓浪屿，我遇见了另一种环境，同时，也遇见了另一种生活，和另一种态度。

在这里，日光岩是登临远眺的好去处。日光岩海拔 92.7 米，登高俯瞰，红瓦绿树蓝天碧海巨轮游船沙滩游人尽收眼底，像极了一幅铺展开来的油画。日光岩又叫“晃岩”，相传郑成功来时，见它胜过日本的日光山，于是拆“晃”字为日光，改作日光岩。

名山多古刹，日光岩上自然也建起了寺庙，寺名依了日光岩，叫日光寺。因其以巨石为顶，故又有“一片瓦”的别名。这座寺庙始建于明朝正德年间，原名莲花庵，因为每天凌晨，朝阳从厦门五老峰后升起，莲花庵最先沐浴在阳光里，因此得名“日光寺”，不过现在，人们则习惯称之为日光岩寺。人们赋予这座古刹如此多的名字，大抵是想用语言描述造物的美，然而天地间的大美，又怎是语言可以形容的呢？

人可以为天地的造化添上点睛之笔，这就是人的可贵之处

人可以为天地的造化添上点睛之笔，这就是人的可

登高俯瞰，蓝天碧海，
油画般的意境，便是如此

贵之处。抬头看见山岩上有一处摩岩石刻，“天风海涛”四个字横书其上，这是许世英的手笔。下面还有两行竖写的字，“鼓浪洞天，鹭江第一”，字字遒劲有力，一个出自万历时的丁一中，一个出自道光时的林铖，可见日光岩作为厦门第一景的豪气。沿着崖边小道，一路参天的古树，自有一股雄厚的底气。古时这里是避暑圣地，今天人们依旧会来这里纳凉，让习习微风吹走心中疲惫。顺天梯而上，就到了日光岩的顶峰了。

一只白鹭拥抱了天空，
就像一朵三角梅，
跳出了大地，从至小的生物，
探索至大无外的宇宙。
我所深信的就是，
一切不在言语之中，
一切都是体悟，
我们对光明与黑暗的领受，
必然出自心灵。
它不仅仅为光明而悸动，
也为黑暗低首。

当我站在日光岩的顶峰，风和阳光轻抚着我的身体，鹭江两岸的风景随着清风伴着阳光而至，如同五色的糖果散发出诱人的光芒。海滨浴场上人头攒动。远处，邮轮划破宁静的海，掀起碧色的浪，不思过往不念未来，永恒似乎只是现在。罗马哲人塞内加说过，我们所看到的一切有生命的物体，乃是一个统一的肌体。我们所有人，就像手臂、腿、胃、骨头一样，是这个肌体的组成部分。我们共同生活在一片天空下，同样地希望自己活得幸福。我们都懂得，互相帮助胜于互相残杀。爱，可以是我们共同的信仰。我们就像砌在同一个拱顶上的石头，如果我们不互相支撑，立刻就会同遭厄运。

厦门岛与鼓浪屿隔江相望，彼此互相支撑，远眺大小金门，台湾岛依稀可见，它与我们共同构成了中国的拱顶，彼此间是不可分割的神圣联系。

郑成功的石像依然在鼓浪屿上遥看台湾岛，“鼓浪屿四周海茫茫，海水鼓起波浪，遥对台湾岛，台湾是我家乡。”当年收复台湾时的豪

情，化为今日两岸互相扶持的柔情。拍打礁石的波浪，留下每一朵浪花，都是美丽而灿烂的时光。

从日光岩下来，和鼓浪屿作别，来时路已经不能成为归途，寂寞中唯有步伐坚定如前。我想要走到时间的外围，看一看这些年我所走过的土地是否依然年轻。不枉此行，不只是鼓浪屿，还有我们的每一次相遇。当白鹭引领我们面朝大海，春天一旦回暖就是百花开。

2010.7

写于厦门

绿树红墙，坡上坡下，每一条小路都有意外的惊喜

白鹭带我去厦门（下）

转瞬之间，分钟变成小时，小时变成天，日子纳入奔流而去的时间之河，坏消息是时光飞逝，好消息是你主宰一切。或许我不该走，也不该停留，我把自己拽入了现实世界，又想如何超脱，回归梦境？这一切才是旅行的意义，时间之河既有急流，也有平波，因此我既在走，也在停留。

——题记

去过厦门的人，乐意把“迷失”挂在嘴边上，或许为了要将这里的快乐日子与回到现实之后的平庸生活区别开来。然而，到了南普陀，这份“迷失”就有了些许清醒的味道。

从日光岩下来已经恍若隔世，仙界一日，人间数年，再到南普陀寺，则更有了穿越几个朝代的感觉，仿佛自己从时间之河的下游，一下子又返回上游，重见天下的好时辰。当然，天下的寺院大抵相似，不论它的年月，都是普通人寄放心灵的一个所在。尘世劳损，只好托于清净佛门。南普陀寺也无非如此，广开方便法门，为了接引天下众生，助人寻得一颗平常心，好去抵挡人世的种种不安与烦扰。

始建于唐代的南普陀寺凝聚着千年的时光。信步走在寺内，扑面而来的是古朴沧桑，和郁结于沧桑之中的庄严。随着午后的暑热，寺里香火更显氤氲，游客们置身这样的环境之中，无论是否有信仰，信仰什么，都无法遁逃于佛门的慈悲广大。寺庙里也有嬉闹的人群，这种嬉闹正是人世的风景，虽与佛门的清净两不相融，各自占了一边，倒也别有意趣。

一个人若不相信周围人所相信的事，这个人还不算是无信仰的人。真正无信仰的人，是那种总是在想，总是在说他信什么，不信什么的人

南普陀寺前的放生池是一处令人神往的地方。池里荷花随风摆荡，层层相依，如同绿波。唐代的李群玉写荷花，说它“田田八九叶，散点绿池初。嫩碧才平水，园阴已蔽鱼。浮萍遮不合，弱荇绕犹疏。半在春波底，芳心卷未舒”，形容得也算恰到好处了。放生池里，最让人惊异的风景是那些密密麻麻地呆坐于荷叶下，或者浮游于水上的放生龟。它们终日闻听经声梵唱，或许也有些许顿悟吧？所以，它们才时常叠成罗汉状，一个个争先恐后地浮出水面，眼神直勾勾地盯着游人，许是在找将它放生的施主。人们的慈悲心肠，只要有这么一闪念的施舍，都会换来无穷的福报。

两座万寿塔与放生池恰成犄角，11层的宝塔比平常我们所说的七级浮屠要高出四级，塔身通体白石环砌，玲珑之姿，不逊雷峰六和。

田田八九叶，散点绿池初。嫩碧才平水，园阴已蔽鱼。浮萍遮不合，弱荇绕犹疏。半在春波底，芳心卷未舒

塔前经常被白鸽占领，它们是这个地方真正的主人。即使游客结伴而来，它们也不见得会散去，照样闲庭信步。何况多数游客也喜欢撒一些面包屑给它们喂食，更是养得它们一身的娇气和憨态，每每在镜头之下，美艳不可方物。

酣睡的正午，它们垂下了花苞般的头颅，
在羽翼下寻一个美梦，
自然赋予万物的一个奇迹，
让它们彼此互通有无。
甚至可以轮回，
鸟化鱼，鱼化兽，兽化人，
一旦你的生命腾空而起，
成其为这世界，
这般浩大的虚无得以永远妥协。

有人说，要想看到光明的真正的本相，自己必须成为真正的光明。这种志向是如此浩大，在南普陀寺里，我沐浴着光明，如同借火煮饭，心里渐渐生发出一些豪迈。即使居

随门而入，便是一个青春勃发的伊甸园。周边喧嚣的绿意，更衬出校园的静谧

于渺小，和一花一草一样，同餐风露，也仿佛有某种力量孕育而生。

每一栋房子都在讲述自己的故事，每一扇窗每一扇门都尘封着过往

从南普陀寺借来了这一瓣心香，必须到与它相邻的厦门大学去再借一瓣书香，才能彼此相应，既有清净，也有欢喜。

厦门大学就在南普陀寺的隔壁，这所被称为“中国最美校园”的学校，终日海风徐徐，院中绿树成荫，红顶白墙的闽南独特建筑隐匿在绿海中，完全就是一座森林公园，处处看起来都是油画。每天在这样美的校园里读书，可谓是一件很幸福的事情。在校园里漫步，我也像是一名去上课的学生，混迹在众学子之中，重拾校园情怀。

厦大有中西合璧的宿舍，满眼都是繁茂的植被，各种纯净的绿。海滩、教室、天鹅湖、食堂，以及充满趣味的涂鸦隧道，我想，每个在这里的学生都不能不谈一场浪漫至极的恋爱吧？ 此生若是重入校门，我定要做个厦门的学子，以便在这样的美景中徜徉数年，而不必如今日这般匆匆掠过。

不知校园里年轻人的欢声笑语，是否会扰了大德高僧的清修呢？大学校园，如同一个青春勃发的世外桃源。周边喧嚣的绿意，更衬出校园的静谧，不论是湖畔晨读，还是黄昏翻书的学子们，或是零零散散于湖边散步的情侣，又为这静谧增添了三分生机。我陶醉于这样的风景之中，袭人的草香味，裹着一个单纯而热烈的吻，使我恍惚起来，犹如一个少年面对他最初的爱恋。带有闽南风格的浓烈的红，使学生宿舍看上去就像一簇簇青春的火焰，燃烧着整片校园。朝阳就是应该从这样的宿舍楼后面升起的吧，带着新的热情、新的生命、新的世界而来。在每一个有生命的事物中认识自我。我为这样的想法所激励，仿佛沐浴着阳光，完成了一次洗礼。

关乎时间的一切，可以从树木，
生长与倒下的瞬间看出，
它没有背离一个老人的暮年，
也未尝错开朝气蓬勃的少年，
我们曾经幼稚，今后则将勇敢而行。

此生若是重入校门，我倒是要做个厦门的学子，以便在这样的美景中徜徉数年而不必如今日这般匆匆掠过

时间在我们生长和倒下的地方，
走不到的将是指针，
而时间行其所是，
它没有方向，也没有目的，
只因为我们将是时间的方向和目的。

沿小路与高墙远去，厦大的白城校门外就是大海。一座天桥接通海天，我伸手触摸桥上的云朵，是不是也成了别人眼中的风景？金色沙滩逶迤于脚下，细腻的沙砾涌出脚趾间，温润而又缠绵。身体不由得随着海水起伏澎湃，仿佛自己已经成了海里的一朵浪花，不再顾虑究竟要去向何方，只是随海浪翻滚于自由的梦中。

海边的栈道恰恰赋予了我旁观者的身份，远看浪涛一线天。无限就在波浪的周而复始之中。古人所谓的潮信，便是认可潮水有信。到了这个时候，它必然会来。人们对于世界的期许，并不在于获得世界

的珍宝，而是期待在世间寻得身心宁静。并不长久的生命真正的意义，或许就在于我们心中对于幸福的期许，尽管有些幸福我们还不曾目睹、不曾亲历。尽管这一站已经到终点站，我将起身返航，如同到了岸的波涛又退回海天交接处，然而随海风一并吹来的这个厦门的夏日，我已经满足于两耳的涛声，如同蝉唱，宁静而温和。孤独是一捧无用的沙砾，慢慢地在海水中湿润了。远方依旧年轻，白鹭引我归去，以致青春可以不老，仿若神话掉落人间。

2010.7

写于厦门

我深信的就是，一切不在言语之中，一切都是体悟

广州的眉目

所谓的物质生活，比如常说的吃喝玩乐，广州人特别重视。这看起来庸俗，却也符合人性。在现代社会，如果不知道关心自己、不知道如何使自己生活得更好，这绝非什么光荣的事情。不过，广州人在日常生活中对自己总是足够热爱，这是很好的传统，因为只有知道如何爱自己的人，才会知道如何爱别人，否则，只会造就更多、更隐蔽的自私。

——题记

享受步行中开始的旅程

大堂的装饰设计融合了中西文化艺术特色，洋溢高尚、典雅气派

第一天：古老与现代的碰撞

7月7日，格外的晴朗。

再一次来到熟悉的广州城，蓝天，白云，一如既往地清晰。

花园酒店周到地派来了接送车，我随着车轮慢慢地掠过这座城市，窗外的棕榈树随意地扑入我的视野。这里不是我生活的地方，却有一股亲和力。来这里，无须在意风景，也不必刻意计算时间，就如同老广州人，每天要去喝早茶，下午又要喝下午茶，就这样悠闲从容地过一天。人们都将广州视为一座商业城市，但其实它跟深圳有着很大的区别。在这里，历史的深厚积淀跟现代的商业文明既冲突又交融，走近它你会发现它有一种进退有度的气质。

花园酒店金碧辉煌的大堂让我误以为步入了电影中的世界，红楼十二钗现身于壁画中的大观园，与此相映成趣的则是四周的广州风俗壁画，繁简相宜，闹中取静，穹顶上一条金龙作势欲飞，广州的气派也就可想而知。

故地重游，难免触景生情，每一种景色都能牵出别样的情绪。天河城自然是打头阵的地方，我曾在广州停留多年，天河体育中心此起彼落的巨星演唱会是许多人暂时忘却孤独的好去处。纵身大化中，不惊也不怒，我未曾陷身粉丝群中，去追随万人同唱一首歌的风尚，而是潜心于一个人的幽静。仿佛，只有在独处的时候，才能够释放生活的一部分重负。

越过珠江的灯火，拥有“小蛮腰”之称的广州塔巍然屹立在人们的眼前。它与海心沙岛和珠江新城隔江相望，2010 年广州举行亚运会时，它出尽风头。广州塔塔身主体高 450 米（塔顶观光平台最高处为 454 米），天线桅杆高 150 米，总高度为 600 米。取代加拿大的 CN 电视塔成为世界第一高的自立式电视塔。远远望去，它的确如同一个腰身曼妙的女子，椭圆形的渐变网格结构，使它在每个角度都能呈现不同的姿色。与它比肩而立的其他商厦，立刻相形见绌，成了灰头土脸的村妇。作为广州新型建筑的风向标，它所昭示的魅力足以抗衡古典建筑的雍容大度，也时刻彰显着广州这座摩登城市对现代潮流的引领。

圆拱、“垂帘”让人恍如进入了水帘洞

若说过去的海心沙是一艘小船，那么今日的海心沙已经被打造成了巨轮，停歇在珠江的心脏。当我站在海心沙的岛中央，遍览丛林般的钢筋水泥建筑时，简朴的气息几乎只能出没于草木之间。当科技越来越发达，人们的审美也就变得越来越挑剔，建筑物造得越是美轮美奂，就越能带给人们视觉上的震撼与享受，然而能与人在精神层面产生共鸣的建筑却不多。不知从什么时候起，人们渐渐被自己繁复的生活所拖累，而所能仰仗的思想又日渐简陋、日益单调。

当我漫步在海心沙广场，
所有的哭泣和笑声交织于瞬间，
落幕的烟火映照着每一张等待胜利的脸。
过于忙碌的生活，
使我们失去了这个世界的眉目。
里尔克说过（他说的是并非以后），
若我们歌唱一位神，
神就以它的沉寂回应。
我们没有一个在前行，
只是走向一个默然的神。

晚风里夹杂着江水的腥味，游轮上三三两两近乎沉醉的人们，偶尔私语，如同草虫唧唧，很多人认为，当一个人心如止水时，他的生活未免会过于枯燥，可是无论周围的世界再怎样变化，我仍然独爱简单质朴。人可以用各种华服美妆掩盖修饰自我，但是要坚守一颗简单质朴的心并非易事——尤其是经历了热闹繁华之后。在珠江这样的风景里，你很难藏掖自己的欢喜与悲哀。人们内心的忧伤，就像墙上斑驳的漆痕，未曾痊愈，却会在某日被新的漆痕所覆盖。

昨天与今天，古老与现代，在珠江两岸被演绎得淋漓尽致。流淌着的珠江水，见证了珠江两岸的沧桑巨变。粤海关大楼、广东邮务局、爱群大厦和南方大厦，这些古老的建筑群在珠江旖旎的夜景中散发出悠久历史的韵味。而新建的白天鹅宾馆、“小蛮腰”，还有那些别具欧陆风情的洋房，仿佛与繁华夜景更为匹配。

对于成功的人来说，享受繁华的夜景可以让心灵感到满足。他感觉这夜景是为他布置的，是他一切努力付出后应得的回报，因为他有一种归属感。而对于正在追求成功的人来说，繁华的夜景却是对心灵的拷问。这夜景仿佛一次次地在拷问他，这是你想要追求的生活吗？在繁华喧闹的都市里，你能始终保持那颗简单质朴的心吗？再一次来到珠江边，我深深地体会到，自己当初的执着、如今的淡定，也是经历过无数次心灵的拷问后才拥有的。广州之行，或许正好给了人们这样一个反省自己的平台。

想走珠江，从开始走到结束，欣赏珠江夜景，吹着风静静地欣赏繁华的街道

第二天：城市的回响

第二天一早，7月的阳光自窗帘透进来，那样清澈的晨光让我的心很是宁静。

9点，起身去花园酒店的顶层凌璇阁吃早餐，这是一个旋转的自助餐厅，光线变幻于窗前。仅仅只是30层楼，我已经能体会到“一览众山小”的感觉。来往车辆如同蝼蚁，人如纸片，道路只是一条用来跑玩具车的轨道。我想此时的我，对于楼下的人看来，应该就是摆放在橱窗里的玩偶人，同样也是渺小的。但是，我所能觉察的人的渺小，并不被其他与我共处一室的人们所觉察。每一个人都在自己的世界里，理所当然地想象着，生活着。

有时，当我看着这些层出不穷的高楼大厦，总觉得不论看多久都无法看到这座城市的边界，不免觉得这是一座失去了边界的城市。人们既不能走出去，也不曾想过要走出去。甚至活在这座城市的人们已

阳光透进来，清澈的晨光让我的心很宁静

经丧失了走出去的勇气，又或者他们已经忘却外面的世界，只留心自己的小世界了。

道路只是一条用来跑玩具车的轨道

我静静地坐在这个世界的角落上，
如同这个世界缺失的一角。
人们试图理解的这个世界，
就是因为我们的尖锐，
促使自身不能行走于地上，
而扎下根的，
只有越来越深的欲望。

马丁·路德·金说过，一个国家的繁荣，不取决于它的国库之殷实，不取决于它的城堡之坚固，也不取决于它的公共设施之华丽，而是在于它的公民的文明素养，在于人们所受的教育，在于人们的远见卓识和品格的高下。如此推而广之，一座城市繁荣的基础在于公民的文明素养。因为一个劳动者只有明白了自己的位置，才能圆满地做好他的事。一个人只有清楚地认识到，他的生命不仅是他的，也是赋予他生命的人的时候，生命的意义才会凸显出来，心底的意志才会坚定起来。当一个人相信自己的生命背负着他人的期许时，心中的彷徨、焦虑、不满就会立刻被明朗、安详、和平和喜悦所代替。列夫·托尔斯泰也试图让人信服这一切来自无上者的荣耀，我们必须在谦卑中完善自己的灵魂。尽管这座城市精神上的荒芜往往对应于物质上的繁荣。

一个上午，我就那样静静地坐着，想着，享受阳光和早餐的美好。

下午去了越秀公园。越秀公园是集自然风光和人文风光为一身的大型综合性观赏公园。这里山水秀丽，树木成荫，花草遍地，如同城市生活的后花园，而且还拥有众多的历史文物古迹，可以说是城市发

遮天蔽日的绿，给生活在城市里的人们搭建了一个清凉的世界

展的相册簿。偌大的公园，我最喜欢三个去处：镇海楼、明代古城墙和成语寓言故事园。

镇海楼形同金刚杵，自地心直上云天，朱墙绿瓦与满阶绿影层叠交错，5层楼宇宽敞开阔，陈列的文物涵括着千年以来政治经济、风俗习惯的延续和变迁。一座城市容纳于一座楼中，即便如我这般的异乡人，也能在瞬间找到归属感，被接纳的喜悦胜过任何一次事业上的成功。

古迹斑斑的明代古城墙，却是另一番模样。焦阳曝晒的砖石、肆意生长的青苔和生机勃勃的野草，让人不禁感慨历史只不过是当下人的种种往事，我们并不需要带着凝重的心情去凭吊往事，而是要用释然的态度去感激往事。毕竟往事已矣，而新生的绿却一抹一抹绵延不绝。站在山腰，遥望远处，视野也随着老城墙逶迤伸展而变得开阔起来。

蓝天白云下的朱墙绿瓦是镇海楼的灵魂所在

满眼的绿，就是老城墙最好的依伴和归宿。

满眼的绿，就是老城墙最好的依伴和归宿

无论看到历史的哪一个层面，我都为历史的丰厚所折服。在绵延的历史进程中，人们掀起的无数浪花，正是历史的精彩所在。我们当下的社会景观，也会悄然滑入历史的相册。那时，我们亲身经历、亲眼目睹的社会事件，也化作别人眼中的历史尘烟。然而，对于亲历这一切的我们来说，它绝然不是一句“往事不堪回首”即能摆脱，也不是一句“往事并不如烟”就能概括的。我们能从历史中借鉴到什么？也许，更多的人只是在今天重蹈覆辙。于是“活下去，并且要记住”，也变成了历史对于我们最沉痛的告诫。

迤逦伸展的老城墙能够带给我们的是关于历史的思索，而在成语寓言故事园里，人生的旅程，似乎也就真的成了一句成语、一则寓言和一个故事了。

离开越秀公园时，夜幕已经降临，霓虹把城市点缀得流光溢彩。夜晚的城市与白天相比，要热闹多了。街上熙熙攘攘的，人们三五成群地涌上街头，欢声笑语汇集到某个地方，像是复活了一般，要把白天的一切烦恼在这个漫长的夜晚中统统宣泄出来。

于是，我决定去一个熟悉的地方。

几年前，我在广州街头拦下一辆出租车，问司机广州最安静的地方在哪里。司机想了片刻，说麓湖那儿应该很少有人会去。我未多想便说，“就去那了。”然后，司机载我去了那个地方。

在那里，我看到了漫天的繁星，心情瞬间变得明朗。那由繁星点缀的夜空，深邃而又真实。那样的夜空，是小时候躺在床上，透过木窗就能看见的夜空。在那里，安静得可以听到自己的脚步声，呼吸声，可以听到草丛中虫子的私语声，最重要的是能够清楚地听见自己的心跳声。麦穗结的果实越多，麦秆承受的压力越大，它的头自然会垂得越低。而我走到收获的季节，也必须承受得住压力，暂时的低头或许就是在预示丰收的来临。在麓湖仅仅呆了几分钟，我便重拾了勇气，心情豁然开朗。在回去的路上，司机也感受到了我截然不同的心情，轻松地打开了话匣子。他说，他觉得我不像坏人才愿意载我到这种人少的地方……我很感谢那个司机陪伴我一起经历了那一场奇妙而又深刻的心灵旅行。

多年后的今天，我重复了那一次旅行。只是，到了麓湖之后，我并没有下车。是的，物是人非，今日的我已不同往日，再回到这个地方，我不再像几年前那样慌乱、不知所措，我已经相信真正的优秀不是优于他人，而是优于过去的自己……

旅途依然漫长，人生只争朝夕，尽管我已经走得比任何时候都要遥远，却也比任何时候都要更贴近出发时的心跳。如同诗人多多说的：“回声中一个一个的小站，现在，只是一小块寂静还在吸收另一种地理。”

2011.7

写于深圳

一个人的首尔

对于许多年轻人来说，韩国有一种天然的吸引力，韩剧的巨大影响力使得这个国家的一切都有了一层梦幻色彩。我不是韩剧的追随者，也不是轻狂少年，但在首尔，我经历的也是一场好时光，心灵也在这异国的首都得到些许启示……

——题记

2009 年 4 月 10 号的午后，由上海飞往首尔。

太阳一直未露面，两个小时后在仁川机场降落时，空气依然微凉，天色也不算明朗。仁川机场廊道内的灯箱，被韩国的美食、风景名胜所占据，但是，并没有铺天盖地的商业广告。清清爽爽，这是我到这个邻国后的第一感受。

这一次飞行，我是独身前往陌生的国度，陌生的语言不免让我有些许忐忑。或许是我有一瞬间的出神，又或许是出于她的职业直觉，一位韩国空姐向我走来，询问我是否需要帮助。她的中文并不流利，但是温柔和善的态度却让人感到格外亲切。她带着我出机场，一路的交谈中，举止大方不失可爱，让我这个初来乍到的外国人对这个国家有了小小的期待。到了出口，首尔这边安排的翻译兼导游已经在等候，于是跟那位空姐简单地道别，便去了酒店。

仁川机场外景

towers of the world
（世界各地的塔）

首尔皇家酒店，被韩国人称为“城市中的绿洲”，因为它地处首尔金融、经济、社交、文化和购物最活跃的区域——明洞，放眼四周，满目繁华皆胜景,令人雀跃的正是人世风景尚停留在青春未尽的时刻。

明洞在首尔的地位相当于上海的“南京路＋淮海路＋徐家汇”。它是韩国出了名的购物街，有繁华的时装商店、化妆品店和历史悠久的咖啡屋。国内的游客特别是女人们来到韩国，明洞是必不可少的一站。就跟国内外许多城市的购物街一样，引领潮流或者跟随潮流的人们促使一条街道成为美丽的集锦。

沿街缓缓前行，街道两旁的中档品牌店和保税商店在灯光下分外华丽，我却无心流恋，内心惦记的还是那地道的烤肉。导游说，相传烤肉是由满人传进韩国的，古时候的满人四处征战并就地取材生火，用钢盔当做烹煮的器具。经过几世纪的演变之后，就演变成了现在的韩式烤肉。

饱食之后，自然是要一饱眼福，于是随导游造访“韩国之家”。这里向外国游客展示着韩国的传统文化、艺术、饮食、生活习惯，以及纯古典韩式木造建筑群。在这里，可以全面了解韩国人的风俗。只是，我一向对人工的建筑兴趣不大，如同开封繁华之地，今人却要在土地上重新建筑一个“古城”，这多多少少有些荒诞。我喜欢古建筑，真正的古建筑。古建的韵味不在于华丽，越原始越美。犹如美女，浓妆艳抹之后，与清水出芙蓉的感觉真的是天壤之别。

上海有东方明珠，首尔也有一座“首尔塔”。站在塔顶360度展望玻璃窗边，可以眺望首尔市景的全貌。此时，城市的喧嚣已随着夕阳散去，长风卷着我的衣角，夜的静谧如同皮肤一般细腻，远处的灯火恰似燎原星火，无尽的浩瀚不仅是在天上，也绵延在人类所栖息的大地上。夜晚是有魔法的，能点亮一个城市。这时的首尔好像忽然之间被激活了，高楼变成发光的盒子，街道像流淌的河，清溪川上的繁密的桥在水面上映衬出绚丽的倒影，把脸贴在玻璃窗上，星星点点的光亮映出一片温暖……

首尔的夜空黑得特别纯粹，首尔塔在夜色中熠熠发光，仿佛它占据着整个夜空

时间已经顺着指针滑走，
我在滑向美丽之都。
这样的夜晚，我总失眠于斑斓——
仿佛猛虎跃入花丛。
令人动心的一季已经不是春天，
而是人间，进入梦境的，
时光已经不是昨日，而是永远。

景福宫外景

当你沉浸在一件事物中的时候，时间总是过得特别快。晚上11点多，回到酒店，我却毫无缘由地失眠了，于是借用时光的罅隙，记录下这一天的见闻和心情。

第二天醒来，简单地洗漱之后，就去了首尔两处标志性的景区——景福宫和青瓦台。在韩国的首都，前者相当于北京的故宫，后者则相当于北京中南海。

景福宫很小，小得如同故宫的一个偏宫，跟沈阳故宫都难以相提并论，但它始终是首尔最古老最大的宫殿，是韩国封建社会后期的重要见证。自1394年建成以来，600多年的风雨未曾将它侵蚀，倒是

龙的形象是中华民族和中国文化的象征，在景福宫见到这幅壁画，可见中国文化的影响之大

此心若安住，则天下清安

让沧桑见诸宫墙。人们依靠建筑来见证一段历史，于是，每逢巨变，建筑总是在劫难逃，又被反复重建，曾经的昌盛与繁荣必然需要具体的事物去铭记和回顾，才能砥砺现代以求进步。

跨过庄严的大门，穿越雕梁画栋的内宫，行走与沉思相交替。宫殿建筑和摆设怎么看都眼熟，且乏善可陈。几乎所有的碑文、匾牌都是汉文的，而且大多出自于四书五经。门上的楹联还是清朝何绍基的手笔，中国文化对韩国的影响可见一斑。文怀沙说，中国传统文化的精神可以用“正清和”来概括，所谓儒尚正、道尚清、释尚和。韩国文化也不能逃儒释道的思想。只不过我们曾经引以为豪的一切，到如今似乎都逐渐地弱化甚至边缘化了。如果博大精深的中国文化，只能寄之于经典，而不能托付于将来，那无疑是一件令人痛心的事。

想到深远处不免起了悲意，尽管春天的景福宫，迎春花沿路怒放，杜鹃也是引领一路的风光而来。

喜鹊落在屋顶上鸣叫，向人们传递着喜庆与祥和，此心若安住，则天下清安。

景福宫外有一条小路，左侧是高耸的石墙，右边则是美术馆和起伏的高楼，这条小路堪比法国哲学家卢梭漫步的小道，幽静处皆是禅意。一路走到头便可到达青瓦台，青瓦台背靠北狱山和仁旺山，面朝景福宫，西北边则是韩国总统府，城墙只有青白两色，看惯了艳丽的景致，青白两色似乎有些寡淡，但却能准确地表达出别样的意境，青者沉郁如水，白者柔美似雪，可见人心当以“青白”为贵。

青瓦台是在古代建筑景武台的基础上修建的，最显著的特征就是它的青瓦。青瓦台共有 15 万块青瓦，每块都能使用 100 年以上。由位于中央的主楼、迎宾馆、绿地园、无穷花花园和七宫等建筑组成，所有建筑都是按照韩国传统建筑模式建造的。主楼右侧是春秋馆，房顶由传统的陶瓦做成，常用来召开记者会。主楼左侧则是迎宾馆，用来接待外宾。

青瓦台——韩国总统官邸

青瓦台附近集中着公园、美术馆、美食街和可观赏夜景的饭店。还有一个专门做疙瘩汤的小店，是这里最有名的小吃。饭后，随导游入宗庙，可领略李朝历代的风貌。礼乐本是祭祀之用，最为传统的东西多半存于宗庙。因为人类自有文明以来，率先兴盛的便是宗庙祭祀活动。每年 5 月的第一个星期天，韩国都要举行宗庙祭礼，当然这是朝鲜半岛最高的祭祀仪式，韩国的宗庙祭礼是世界文化遗产，是用来祭拜王朝君主和王妃的仪式，当然也会借此祈求农业丰收。这些祭祀仪式在中国已经消失，但在韩国完好地保存了下来。

然而，在我看来，这种仪式似乎徒有其表，或许它已经失去了原本的内涵，我所欣赏到的不外乎是一个文化遗产的表演而已。然而就是这样的表演，也能让外来的旁观者，震撼于韩国对于自身文化与传统的重视和传承，这不禁让人心生敬意。当然，这也让我联想到在中国的那些被废除了的仪式，除旧并没有大错，只不过是我们尚未立新。文化的断代和遗失让我们的心也变得喧嚣而浮躁。作为一个国家，如

果经济的发展不能带动文化的发展和传承，那么随之而来的就可能是漫漫长夜。

尽管人们总在忘记过去，
过去也不曾因之消失，
属于过去的时光，
某天如同旧物擦出火花，
使我们惊讶于，
自己仍在它的怀抱之中。
不论我们有多现代，
我们都在自然的进化当中，
灵魂幼稚如当初，
需要先知的搀扶。

因为要赶飞机回国，只能匆匆结束行程。旅程虽然戛然而止，但回忆可以一直丰富我的心灵，一路走来的那些风景，飞旋在脑海中，回放着我的漫游我的沉思。现代如同寒流，古代如同暖流，我仿佛一条幸运的鱼儿能够在暖流与寒流之间互相穿梭，我所眷恋的并非只是如此美丽的风景，因为触动我心扉的风景已经收藏在我的“梦的空间”。

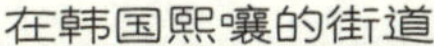
在韩国熙壤的街道

韩国人不遗余力地珍视和宣扬他们固有的文化和事物，一个泡菜硬是被他们推到了“世界五大健康食品”之首的

地位。在仁川国际机场候机大厅，甚至专门开辟出了6个“外国人传统文化体验馆”，用以推荐韩国文化。在那里，候机的乘客可以亲自动手体验韩国的手工制作，譬如韩纸工艺、贴金工艺、针线工艺和传统木制家具等，可见用力之深之巧。在这方面，我们大有学习的必要。如果说到流行，日韩之风不可不提，所到之处拥趸者众多，然而没有什么会一直流行下去，更没有什么能与精神抗衡。韩国文化只是取中国文化之一枝便能让世人记住韩国，那么中国文化若是能够重新焕发出深邃的魅力，恐怕就要迎来“西方不亮东方亮”的世界文化新时代了。

古人信奉“仁义礼智信”，他们曾经为世界留下了璀璨的文化与文明，只是当财富渐渐成为了人们的追求，还有多少人，能记住古老的“忠孝节义”呢？然而，这才是国人的精神归宿。它不该被遗忘，也不能被遗忘。这一次的首尔之行，让我看到了古老的中华文明在异国他乡绽放出的耀眼光芒，我期待着，终有一天，它也能照亮我们的心。

从韩国打道回府，不免思绪万端。我走过那些因为宣传而受人追捧，甚至人满为患的地方，却并不觉得那里有多美好，而如果能用心去感受山水花木，即使那些僻静而闭塞的地方，也会觉得那方天地妙不可言。夏尔丹曾说：“满足于自己所有的，就拥有自己所要的一切。”可是，我们总是不满于自己拥有的，以致失去自己想要的一切。人生的真正的意义，或许就在于对自己不满。冲破了安稳，打破了现状，才能行走于天地间。旅行就像不停地闯关，去打开一扇扇未知的大门，目睹一批批陌生的人群，和有缘人在不同的时空不期而遇，摆脱沉闷的新装，活在我们所钟爱的梦境之中。这也许就是旅行的意义。

2009.4

写于首尔飞上海的班机上

时光倒转三亚（上）

一切发生的事情，继续进行的事情，都含有一种兆示：事物不断改变其自身，指向某种高远的事物。愿我具有去思考一切我未知之物的勇气，愿我能够履足所有陌生的土地，任时光回流，使我一如往昔。

——题记

三亚，东方夏威夷。在国内，如果说想找一个让身心彻底放松的地方，恐怕不少人会首先想到三亚。蓝天、碧海、沙滩、椰子树……睁开眼睛可以看到海上的日出日落，闭上眼睛就可以聆听着海浪入睡，是何等的惬意！

对于去过马尔代夫的人来说，海南的吸引力并不大。只是，我喜欢旅行，喜欢这里走走那里看看，希望能在平淡的生活中领略不同的气息，所以，海南仍然是我不会错过的一站。

11月14日，入住三亚半山半岛酒店时，天色已近黄昏。

尽管同一时刻的北国已经寒风瑟瑟，江南也已秋意盎然，但大自然依然宠爱着三亚。11月的三亚柔软得如刚出炉的面包，香甜可口，阳光像蜂蜜一般倾泻在我的肌肤上，每一寸阳光似乎都能够滴在手掌上慢慢凝结为一粒珍珠，空气中的水分都可以像柠檬一样挤出汁来。

一切溢美之词对于三亚几乎都是多余，我们所拥有的任何常识或者超乎常识的体验都无法描绘，或者讲述这座中国唯一的热带海滨旅游城市所呈现给人们的旖旎风光。半山半岛确如其名，半边环山，半边临海，这是个漂亮的酒店，坐落在这个海滨城市中，点缀着大自然神奇的优雅。这里没有高山的雄壮之美，大川的澎湃之美，也没有古殿的深沉之美……但你在深深呼吸之间，一股纯净之美油然而生，带着些许涩涩的海水味道沁人心脾。城市没有阻隔掉自然的气息，处处渗透着静谧与清凉。

梭罗告诉我们：“只有当我们完全忘掉所学过的东西时，才会开始真正地拥有知识。在我还按照别人教给

的方法去看待事物的时候，我丝毫也不能接近对事物的真正认识。为了认识一个事物，我必须走近它，就像走近某个完全陌生的事物一样。”独自站在房间里临窗眺望，向晚时分，一道残阳铺水中，半江瑟瑟半江红。晚霞离离，余晖随意地涂抹着梦幻般的天空，游人如织的海岸线，如同晚霞的丝穗，在阵阵椰风之中摇曳起伏。当晚霞的涟漪随夜色散去，映照着天空的只有三亚的灯火。

山无言，默守蓝天白云下最纯洁的宁静；水无语，悄悄发散着热带特有的咸湿。我知道一段逍遥似神仙的日子即将开始。

吃过晚饭，顺着酒店的绿荫小道慢慢踱步过去，夜色伴着海风轻轻梳理着我的头发。多少次在路上旅行，我的心也在路中延伸，旅途中充满着欢乐、悲伤，兴奋、沮丧，无论怎样的一种心绪，我都一直往前。因为，每一段旅途都包含着我的梦想。

秘密在于美有张扬的一刻，
也有收敛的一刻。
温柔遍布我所走过的林荫道上，
繁华若即若离。
现身我生命中的灯火一直璀璨如星辰，
我在窗前伫立，
形同一只栖息岩石的海鸥，
等待一阵海风吹向我，
张开翅膀在寂静之中。

回房后，走向阳台，深吸一口气，便觉得身心舒爽。这里，既有山野情趣，又与热闹繁华的城市若即若离，满足了游者想要暂时逃避喧嚣，感受采菊东篱下的心

阳光弥漫在小路上，远方的一切，未知而美好

态。站在一个陌生城市的夜空下，眺望远方不可知的地点，似乎穿越了几度时空。时间在我身上重新开启，如同一个少年开始人生的第一次征途，远方的一切尽管未知，却处处透着美好。

第二天醒来，驾车行驶在滨海路上。这是一个清爽而美丽的早晨，每片叶子上都挂着露珠，太阳缓缓升起，静静地把阳光洒在美丽的大地上，山谷静谧而祥和。慢慢地，阳光照亮了每一棵树、每一片叶子。

我们生来就不是孤独的个体，
天地之宽，世界之大，
心系，无关距离

有人爬上山顶，俯视着广袤的大地。大地一如大海，并不属于某一个人，它是多年来养育我们所有人的土地，它承载了我们的耕耘、收获与破坏，我隐约意识到，简朴已经不需要去刻意追求，因为当我远离尘世，很多世俗的考虑都不再重要。

海上的瞭望塔

记忆随着我所遇见的建筑在不断重构，茅草棚、木屋，石墙、钢筋水泥，现代与自然成了截然相反的东西，我们身上被自然和现代两种成分的混合物所填充着。生活在现代化的大都市，常常会感叹自然离自然越来越远。在高楼大厦、钢筋铁板间穿梭的我们，是否已经忘记了那最原始的记忆？是否已经不敢再奢望与青草、溪流相伴的惬意呢？当你在思念那已远去的质朴而悠然的生活时，其实，只要一转头，你依然能找到最深的想念和最初的梦想。

只要一转头，你依然能找到最深的想念和最初的梦想

天之蓝和海之蓝正在悄悄消退……

只是，我们的心是否仍会为当初的梦想而悸动？耳畔风带着那些温暖的记忆轻抚我的心，我明白它所要讲述的故事里既有泪滴更有爱意。

天稍晚时分，我踱向了海滩，海之语只有你到那里才能听得到。凝目眺望着远处，天之蓝和海之蓝正在悄悄消退，将那份宁静留给了我……

黄昏的火苗在眼中闪耀，树叶漂浮在水面上，缓慢倾诉着安详的声音……太阳从那些秀丽的公园里收起了它最后一道霞光，月亮从天边升起，温柔的月光泼洒在沙滩上。我坐在椰子树下，观察着瞬息万变的天空，透过树枝的缝隙，仰望夜空的繁星，就像撒在蓝色地毯上的银币一样。宁静的四周，我能够听见一些小生物在沙砾下翻身的响动，或许是寄居蟹，或许是一些沙贝、海星，直到我的梦随日出化作水汽，盘绕于

半山半岛之间。

一叶小舟在沧海之上悬帆前进，
嘹亮的号角流溢金光，
朝霞立刻侵袭了蓝天。
我在一群海鸟的欢唱声里颤抖，
只有我这无声之人，不能吐露半个词语。

此时此刻的三亚，似乎仅仅是为我而存在的。她的呼吸、她的肌肤、她的梦与爱，都能被我所感知、触摸与领悟。你已经拥有了所希望的一切，未来的生命里，我们所渴望的一切也都会变成现实。不用去祈求美好，因为现在我们所拥有的就是最好的，而过分的渴求无异于是一种亵渎。

2011.11.16 凌晨

写于三亚

时光倒转三亚（下）

生活在别处，每一个我所抵达的地方注注又是一个需要离开的原点。倘若时光倒转，你会在下一个路口遇见谁？

——题记

即使闲适如三亚，当人们来到这里的时候，仍然免不了赶着去这里去那里，却忘了把时间留给海风、沙滩。我不知道他们把一张张景点合影带回去之后，是否会心留遗憾，是否会觉得自己似乎未曾来过？

旅行也可以是一种创造。不停地行走，其实就是在有限的生命里，多去创造一些可以永远铭记的回忆——无论好的坏的，都是属于我们自己的，都是证明我们存在过的痕迹。

到三亚的第三天，我决定去大小洞天看看。

从半山半岛开车去南山大小洞天，一切都是那么怡然自得。远处的花草树木仰着额头，吮吸着清晨的微风，露珠也悄然出来踏青，缓缓地从叶片上滑落，那该是叶儿的眼泪吧？月光还是没有晒干叶儿的眼泪，所以化作了露珠的蠢蠢欲动。

刚到大小洞天，入目即是巨大的青铜鼎，不知历经多少风霜，霸气犹在不减当年。两侧的仿古建筑旁，有一镌刻这大字的石碑，名之“道”，可见这里也是道家的洞天福地，在那些道人心中，天地之灵气恐怕都汇聚于此吧。人在景中游，自然也能体会到有福至心灵。大

小洞天里的椰子林较之别处的梧桐、樟树、榕树，更是高挺如兵马俑，层层列开，尽显威武神气。小洞天内，一块巨大的岩石上镌刻了毛奎手书的“小洞天”三字，传闻毛奎卸任以后，即在此地修行，最后羽化登真。

从小洞天出来，沿途有宽阔的石阶直上青天，半山腰有鉴真登岸的群雕，遥想鉴真和尚6次东渡，传扬佛法决心之坚定，确实感人肺腑。

上了南山，也就是等于上了福寿山，山上3万株“不老松”枝繁叶茂盘根错节。此地的不老松虽以“松”为名却不是松，而是树龄可以过万年的龙血树，它们为人们把长寿的美好心愿寄托在了这片生长着棵棵古树的地方，于是，“寿比南山”也便成了现实的存在。如此仙境，自然会吸引来不少的前人题铭石刻，其中，最为著名的就要数仙峰寿石了。一块寿

仙峰寿石

石镌刻了足有两米多高的一个“寿”字，一个寿字又含“人、寿、年、丰”四字，其含义不可谓不深邃。相传，这个寿字是由陈抟老祖所点化，后人的猜想附会为它添加了更多的神秘色彩。不知道这是不是“山不在高，有仙则名”的又一种解释呢？

南山顶还有“魁星点斗，独占鳌头”的摩岩石刻，石壁前还供奉了中华第一神鳌，这是中国读书人的保护神，历来学子来此膜拜的人定然不在少数，香火不绝也就不稀奇了。

游完南山已近中午，择路返回，途中奇花异草古木怪石随处可见。下山途中，鸟儿在茂密的枝叶间寻找栖所，花儿闭上了困倦的眼睛。遇见不少与我一样下山的游客，这不由令我想起纪伯伦曾说：“我曾见过有一千种表情的脸；也见过只有一种表情的，如同塑像一般的脸。我懂得各种脸孔，因我能透过我自己的眼睛编织的面纱看出它内部的真相。”我真想从我遇见的每一双眼睛里看到他们内心的故事，我想知道他们是否也如我这般已经深深地为自然折服，或者准备“明朝散发弄扁舟”去了。

一块寿石镌刻了足有两米多高的一个『寿』字

时间给我们一粒种子，
不用它来种树，
也不用它养育花朵，
只让寂静来，只让风儿吹。
不要担心看不到什么结果，
要肯定它是一粒种子，
即便没有花开，
不成树苗，时间给我们，
只是有待发芽的希望。
别担心它会姗姗来迟，
别担心你老了，
它才一丁点儿大。

如此仙境，自然会吸引来不少的前人题铭石刻

忽然想起了那部电影《本杰明·巴顿奇事》，一个人，一出生的时候已是老年，然后慢慢地倒着生长，由年老逐渐变得年轻、年幼。他所经历的不同人生，却让我们对这个世界和我们的生活有了另类的思考，在没有曲解、没有偏见、不抵触现实的情况下，理解自己的本质是什么，这才是朴素的开始。

难忘那部电影中男女主角观看海上日出的场景：黎明前的黑暗里，他们坐在木制的椅子上，眼前一片空旷的漆黑，静静地眺望远方，直到那太阳缓缓跃出海平线，染红宁静的海面。金光灿灿的黎明如期而至。两人紧紧依偎，什么也不做，什么也不想，就这样静静地看着日出，看着大海……

倘若时光倒转，你是否会一个人背负岁月积淀下的思念，行走在时间的利刃上？在下一个路口，你会遇见谁？

当我从小洞天走向大洞天之时，我的思考也沿着风景一路跟随。然而大洞天究竟何处，却无从查证。尽管旅游部门悬赏 50 万元奖励发现遗址的人，至今也没有人能前去领取奖励，甚至历史上是否有大洞天这一地方都是一个谜。道教所谓的“十大洞天，三十六小洞天”，都是传说中的神仙洞府，而且小洞天已被世人所发现，唯有这大洞天还隐匿在这片宁静的山水之间，不曾为凡夫索绕，大抵还是神仙们寻根问道的好去处吧。

饭后随众前往南山寺，迎我入门的即是“不二法门”，佛门若有捷径可入，可见也是从俗如流。不过，佛乐声声入耳，仍有一番荡涤心灵的功效，腾云驾雾的神仙们不知道是否也在一边静静聆听呢？在法门的右边，也是开辟出一方放生池，诸多水中生物自在其中，鲤鱼听佛法，总是要比跳龙门得道要简单些。而人们来到此地，多半是希望寻得清净地，以了烦恼心。

蜻蜓飞入我眼中，
使我有了复眼，
一个世界分为千万个，
它们同在我的宇宙，
我要读出自己的思想，
而不必和人相同。

我跨过“不二”法门，一座高逾百米的三面观音像映入眼帘。观音慈悲示人，一面手持佛珠，一面手持莲花，一面手持金书。妙法庄严相，人间大菩萨。只要听闻人世何处有呼救的悲苦之音，她就在何处示现。观音脚踏一百单八瓣莲花宝座，一双清凉目，无限慈悲意，红尘种种，真可随手放下，可惜回头又惹凡尘，眼前澄明终归是带不回家的。恐怕，大多数人都是这样吧，虽有佛缘，终不能因缘而入果位。于是，更多的人们只是祈求平安与福报。佛能广度天下人，天下人何曾知晓自己就是一颗佛的种子呢。

当我一走到人们的住处，看到他们的活动，听到他们的声音，我总是习惯性地停下来暗自思索。是的，这种精神的觉醒是一个人最惬意的事了，而且也是我生存的目的。没有人见到过佛，但是佛文化对于人们来说，何尝不是一种心灵的需求呢？信仰，也可以是精神上的觉醒吧。边思考，边沿着小路前行，一路比比皆是的《心经》石刻说，“一切有为法，如梦幻泡影；如雾亦如电，应作如是观”，细观其义，发人深省。

不觉走到了佛教文化苑，这里依山靠海，山风海风交替而至，倒也能呈现出龙象风度巍峨壮观。整座寺庙初看起来普通平凡，直到身在其中，方觉自己被肃穆的气息所包围。一声梵唱犹如晨钟，敲出心底一片澄澈，一段经文如同暮鼓之音，一颗心随着这样的声音，也渐

一座高逾百米的三面观音像

“鹿回头”巨型雕像

渐沉静下来。身心宁静，不觉方圆百里都静默了下来。

祥瑞随风至，碧波开盛世。南山寺盘踞南山上，真可谓天接水色真空濛，浪击石音近佛声了。观音菩萨闻潮音入悟，而《水浒传》中的鲁智深也应了“他日潮信来，方是入灭时”的偈语。可见，佛的真谛就寄存于天地万物之间，而且从不会拒绝任何一个人。

我虽没有宗教信仰，但这并不代表我没有信仰。信者，依于人才能有所立。我所相信的，说来也很简单，一个“善”字，大概足以概括了。而所有的宗教，要向人们传递的，也不外乎就是善与爱。

有时候也在思考，宗教之余平凡人究竟是什么？除了祈求平安与好运之外，宗教还能为我们带来什么？或许，宗教带给我们的，就是一颗敬畏心。对一切宗教上居功至伟的人物，我都心怀敬慕却不敢攀缘，随缘而来，随缘而解，这就是我所相信的缘分。

返回酒店时已是夜色缭绕，信步走到鹿回头山顶公园。山上立有高达 12 米的“鹿回头”巨型雕像，俯瞰着被称为“鹿城”的三亚。站在山顶远眺四周，收入眼底的景色已经模糊，黑夜就这样渗入了我所要细细体会的多情的三亚。

夜晚，这座小城伴随着海浪沉沉睡去，而我却在等待再一次在三亚醒来，那会是一个宁静的早晨，内心没有皱褶，而舒展的世界，只有洗净铅华的美丽……

2011.11.18 夜

写于深圳

望乡：天空之下，群山之间

又回到群山怀抱，忧伤的树林，
泥土下死死纠缠的根系，那个牢笼。
母亲站在那里眺望，沉默的墓碑，
再也没有人帮我擦干眼泪，
再也没有风安慰泣血的枫叶，
留下的只有一个漫长的梦。
伤口消失了，疼痛变得难以捉摸。
无数失眠的夜晚，我期待母亲的针尖，
找出那些融在血液里的木刺，
那些爬行在泥墙上的裂痕。

在那或稀疏或茂密的草木中，还留着我的足迹

常常在旅途中被车窗外的群山吸引，层叠的山峦如同沉默的行者，结伴行走在辽阔寂寥的大地之上。常常凝望着这些山峰，直到它们被落日掩埋，或被城市遮挡。我知道，在这群山之中，有一座是属于我的，在那或稀疏或茂密的草木中，还留着我的足迹。我总在想，要是我能跑得再快一点，就能追上在山坡上奔跑的牛儿，就能留住在暮色中渐行渐远的母亲。

不知从何时起，我爱上了漂泊，一年中大多数时间在异乡穿梭。在别人看来，我已经远离那个群山深处的小山村，但是我知道，我的根永远都深深地扎在那片隐忍的泥土之中，我的心始终安放于那个宁静的港湾。无

数次漫步在异乡的路上，看着路边无名的小花悄然绽放，便会在我的心间生出一种默契，一丝想念，一份欣喜。那是我和牛儿在山间追逐的午后，那是炊烟在屋顶起散开的黄昏，那是我和姐姐数星星的深夜，那是被鸟声与山歌敲碎了的黎明。无论漂泊在何方，我的灵魂都如同村口的那棵枫树，与那个村庄风雨相伴，不离不弃。

这是一个被时间遗忘的角落，依然保留着最原始的建筑。那些用黄泥筑成的房子依山而建，如同另一种树木，一直在缓慢地呼吸着，生长着，衰老着，直到消失在泥土里，不留一丝痕迹。幼时，常听老人们说“泥房子透气”，“透气”，很容易让人联想到呼吸。和都市的水泥丛林的隔绝、孤寂、冰冷不同，这些房子都是生命，人们日复一日与它们进行一场漫长的对话。

到了求知的年纪，我们走进了村里那间简陋的教室。三排桌子就是三个年级，只有一个老师。教室里甚至还隔出一个空间用来烧饭做菜。出门就可以看山看水，俯身就能拾得石子与落叶，这样的日子似乎与天地万物都维持着一种温暖的人情往来。小学四年级到邻村去读，每天起早摸黑，日复一日在五里山路间来来回回。小学五年级到乡中心小学去读书，相隔几十里山路，只能两个星期回一次家。每次回家都要背上两个星期吃的米，再带上一瓶“霉干菜”，这样的日子在城市人的眼中难免有些清苦，然而学习的喜悦会冲淡日子的苦味。甚至于，我读高中时就已经开始自学大学的课程。然而，我最终还是放弃了高考，我不愿再看到年迈的父母艰辛地劳作，不愿再看到他们憔悴的容颜。我决定去闯一条更加艰难的路，给父母一个幸福的晚年。

小村建在半山腰，以往要走上两个小时的山间小路，被一条公路将路程缩短成半小时。每当我驾车经过那些弯曲的山路时，总会想起在山里度过的少年时光。我曾在这些山上放牛、砍柴，眺望山外的世界，想象那个被人们称作城市的地方究竟是个什么模样。

砍柴是力气活儿，砍到没力气的时候，我会一个人拎着柴刀看天，会挥动柴刀，幻想在层叠的山峦中劈出一条大道，去往外面的世界。我不知道外面的世界究竟什么样子，但我告诉自己，我一定会走出去的。

我从此开始漂泊。一次次离开，又一次次归来。永远都不会忘记母亲送我离开时的情景。她依着门，不说话，她不知道自己的儿子将去多远，去多久。却永远笑着催促我：快点走吧，要记得照顾自己，别记挂我们。每次我都不敢回头，因为我知道她眼中有泪，心底难过。唯一一次，在走出很远之后，我悄悄地回头，看到母亲仍然站在村口的枫树下朝我张望……

勤劳的家乡人，日日辛勤劳作

家乡的一草一木，一如往昔

母亲站在山上看着夕阳落下，
我在哪里，通往山外的，
小径上，只有风在吹。
日子连着眼睛日渐模糊，
山上的树木葱茏，
山上的日子稀松。
人们不靠时钟，只看日头，
人们知道月晕明天要下雨。
鸟声在竹林里穿梭，
就像鱼儿在池塘游。
枫树红了，就是秋天，
砍柴的少年爬过一道道坎，
背着松木、杉木，背着满肩的月光。
母亲站在山上看着，
就像炊烟一样，让我看到，
家在哪里？如今，我站在小径上，
看着母亲的坟墓，草色青青，
夕阳落下，只有风在吹。

简单而闭塞的生活让村民们安静得如山间的松柏。我常常在他们面前静默不语，在那些梯田、那些竹林、那些破败的泥房面前静默不语。在他们身上，我看到了自己成长的轨迹，看到了自己曾经的欢笑与忧愁，喜悦与苦痛。每次回家，最喜欢吃的就是九头芥做成的霉干菜，夹一团放进嘴里，那咸咸的味道润入喉咙——没有人知道，那一刻我在品尝自己的生命。

我默默地行走着，在这广袤寂寥的大地之上，默默地参与着一个理想的孕育、生长、茁壮和衰亡。这就是我所要经历的现实，我的梦从来不依托于虚幻，它只存在于我所要走向的那个地方，那个地方有路可走，但不通往天空。无论经历多少苦难，我依然是个幸运者，因为我得到了神灵的守护。而这神灵就是我过世的母亲、活着的父亲和永远的故乡。

2012.10.31 夜

北京汇智博文文化传播有限公司精品书目

更多精彩，尽在汇智博文网上书城
http://shop101388736.taobao.com/

《21 岁当总裁》
董思阳 著
东方出版社

·持续畅销四年，热卖 100 万册的畅销奇书。
·财富、美貌、智慧集于一身的花季少女。
·感动百万创业者，影响千万青少年。
·“零资本创业”最佳读本。
·父母送给孩子的最佳礼物。

《21 岁当总裁·精华合集》
董思阳 著
东方出版社

·励志传奇，畅销百万，风靡全国。
·精华合集，浓缩智慧，超值珍藏。
·送给孩子的最佳励志读物。
·著名企业家冯仑、蒋锡培，《鲁豫有约》主持人陈鲁豫联袂推荐！

《站着上北大》
甘相伟 著
东方出版社

·他是北大保安，他是“草根”、“蚁族”。
·他又是北大中文系的一员，他曾荣获“2011 中国教育年度十大影响人物”。
·读本书，看一个不屈服命运的普通保安在没有资源、毫无背景的情况下，如何依靠奋斗，从苦境里逆生“精英意识”，凭借超出常人的奋斗精神最终考入北大中文系，与北大学子并肩学习的故事。
·北大校长周其凤倾情力荐！
·告诉你什么是真正的学习改变命运！

《21 岁当总裁 Ⅱ》
董思阳 著
东方出版社

·承袭热销奇迹，女总裁续写畅销神话。
·揭秘普通女孩蜕变为集团总裁的成功秘籍。
·最前沿的个人修炼理念，8 小时全方位提升自己。
·千万青少年翘首企盼。

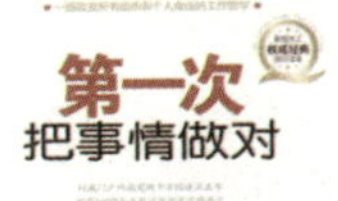

《第一次把事情做对》
杨钢 著
新世界出版社

·持续占据畅销书排行榜的销售冠军。
·500 强企业疯狂团购，从董事长到基层员工人手一册。
·中远船务、国航、金杯、剑南春等名企狂掀“第一次把事情做对”热潮。
·节约成本，提高效率，“绝不可错过”的年度必读书。

《亚洲华人企业家传奇》
牟家和 王国宇 著
新世界出版社

·全面展示李嘉诚、王永庆等 11 位顶级华人企业家的发家秘史。
·零距离接触商界领袖的非凡人生。
·华人企业家鲜为人知的创富故事。
·最具权威性的经商之道。
·顶级商界精英的成功经验。

北京汇智博文文化传播有限公司精品书目

更多精彩，尽在汇智博文网上书城
http://shop101388736.taobao.com/

《邓超明创业笔记》
邓超明　著
新世界出版社

·最真实的职场打拼经验。

·最感人的创业心路历程。

·属于奋斗者的心灵圣经。

·“互通国际”掌门人邓超明告诉你，每个人都能活出自己的精彩。

《生命的蜕变》
叶万耿　著
新世界出版社

·揭秘发廊小工身价过亿的创富法则。

·展现他从小学毕业到创立连锁集团的心路历程。

·讲诉白手起家、借债创业的奋斗故事。

·创业者不容错过的实战手册。

《15 岁上北大：求学应考秘诀倾囊相授》
徐安琪 著
东方出版社

·从 3+4=8 到跳级上北大

·一个笨拙孩子在人生低谷的绝地反击

·一条不自轻、不自弃、自我突破的蝶变之路

·6 大学习方法，36 条针对性建议，15 年成长经验分享，原北大校长许智宏权威推荐，提升成绩的秘诀，就在这里！

《有梦就能实现》
陈田忠　著
新世界出版社

·多次荣登北京新华文化图书畅销榜前十名。

·从中餐馆小跑堂到意大利时尚都会精英。

·从驰骋欧亚大陆的国际倒爷到大名鼎鼎的地产商。

·从教育报国的实业家到参政议政的爱国华侨。

《在红尘中修行》
苏引华　著

·从无名的山间少年，蜕变成公司总裁，在追寻梦想的道路上，苏引华从未停下脚步。书中的七十余篇日记，不仅仅是他的创业故事，更是他三十年人生经验的沉淀。一册随身相伴，追梦的路上，我们不曾孤单。

《空降美国中学》
郝煜　著
新世界出版社

·美国学生不早起？

·美国学校没作业？

·美国家长从不过问考试成绩？

·被留学生们誉为“天堂”的美国中学究竟是个什么样？

·15 岁的郝煜，孤身拖着大行李箱，紧张而又兴奋地踏上美国的土地，亲身“刺探”美国中学。以日志的形式，运用自己的“郝式”幽默，为你讲述一个充满无穷乐趣和奇迹的中学生活。

北京汇智博文文化传播有限公司精品书目

更多精彩，尽在汇智博文网上书城
http://shop101388736.taobao.com/

《魔鬼营销》
李光斗　著
新世界出版社

·揭秘身边的营销智慧，解析营销背后的真正奥义。

·为什么男人可以打折，钻石不能打折。

·为什么在中国麦当劳赶不上肯德基。

·为什么女人的裙子越长，经济就越萧条。

·张艺谋品牌连锁的潜规则是什么。

《质与量的战争》
杨钢　著
东方出版社

·震撼中国企业的质量革命新思维。

·IBM、GE、可口可乐等超过2/3的世界500强企业的“质量圣经”。

·中国航空、航天、石油、石化等百余家行业领军企业成功践行。

·“CCTV经济年度人物”蒋锡培、王文京等商界领袖联袂推荐。

《闯与创》
作者 / 王国宇

作者以“闯与创”为主题，以朴素、平实、亲切的语言叙述了自己从一个身无分文的打工者到优秀企业家的奋斗历程，同时也向读者慷慨地分享了怎样才能同时拥有财富与幸福的秘诀。从心灵修养、自我重生、人脉打造，以及创业等诸多方面，为读者全方位地提供了开创美好人生的宝贵经验。

《定位定天下》
刘军　著
东方出版社

·全球“反定位”理论第一人刘军经典力作。

·彻底颠覆竞争对手的营销组合新战略。

·让强势品牌永远占鳌头。

·使后进品牌脱颖而出。

·带弱小品牌跻身强林。

《创业非常道》
作者 / 王国宇　段博惠

企业就像一只木桶，产品、资金、团队、营销就好比构成木桶的木板。而束缚企业发展的，往往是木桶中最短的那块“木板”。因此，创业成功的关键就在于加强企业木桶的“短板”。在本书中，作者针对各块“木板”可能存在的问题，提供了系统的“加长”方案，以使得企业的“容积“达到最大。

《天下是给出来的》
叶万耿　著
新世界出版社

·著名身心灵作家张德芬作序推荐。

·人世间最究竟、最圆满的创富智慧。

·获得事业成功、财富自由、人生幸福的最有效法门。

·帮你迅速清除生命中的负能量，拥有内外皆富的圆满人生。

北京汇智博文文化传播有限公司精品书目

更多精彩，尽在汇智博文网上书城
http://shop101388736.taobao.com/

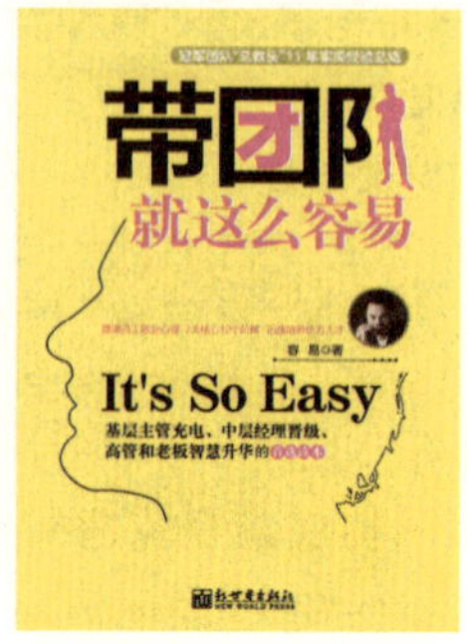

《带团队就这么容易》
容易　著
新世界出版社

·冠军团队“总教头”11年实操经验总结，手把手教你打造高效、敬业团队的最容易的方法，上午看完下午就能用。

·7大核心12个阶梯，厘清员工敬业心理，迅速培养给力人才，是基层主管充电、中层经理晋级、高管和老板智慧升华的首选读本。

《德行天下》
刘报　著

·每个人都拥有追求金钱与成功的权力，但是人们往往并不了解财富和成功的真相。

·什么是财富，什么样的人才能获得财富，财富的最终归宿又在何方？成功从何而来？

·这一系列的问题，都会在本书中找到答案。

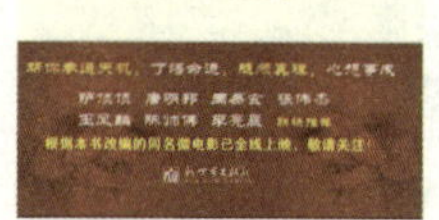

《了凡因语》
了凡、李黛　著
东方出版社

·家庭幸福，事业兴旺的必备宝典。

·趋吉避凶，知命改命的最佳指南。

·帮你参透天机，了悟命运，随顺真理，心想事成。

·国宝级心理咨询师与著名作家联手打造的救世力作！

·根据本书改编的同名微电影已全线上映，敬请关注！

《生命智慧》
张选　著

·五福临门的智慧是什么？

·财富的根源在哪里？

·为什么说宇宙中根本没有偶然的事，只有必然的事？

·人怎样才能趋吉避凶，心想事成？

·张选总裁现身说法，讲述自己从登三轮车的普通工人到拥有四亿身价的企业家的心路历程，以及这一路走来所感悟到的宇宙真理。

·顺应真理生活，才是有智慧的人，才能真正活出幸福美满的人生

《禅商智慧》
付开虎　著

·以终极真理做指导帮你洞悉宇宙的智慧。

·把握发展的脉搏，了悟企业家的真正使命和人生的真正意义。

·是开阔心胸，成就伟业的必读之书！

《生命的密码
——走过123岁》
作者 / 盛紫玫

随着生活水平的提高，人们不仅关注吃饱穿暖，更关注自身的生活品质，以及生存环境的变化。区别于其他的养生保健类图书，本书在关注都市人身体健康的同时，致力于倡导一种更为积极健康的生活方式——少食健康。跟随生命导师盛紫玫的思路，接受一场身心灵的洗礼，一起体验全新的生活方式，活出金品质人生。

北京汇智博文文化传播有限公司精品书目

更多精彩，尽在汇智博文网上书城

http://shop101388736.taobao.com/

《涵养女德，幸福一生》

李宛儒　陈艺文　主编

·身为女人，如何随顺真理，趋吉避凶？

·如何夫义子孝，家庭和乐？

·如何幸福美满，荣华富贵？

·“治国平天下大权，女人操得一大半”。好姑娘成就好妻子，好妈妈成就好孩子。涵养女德，富足身心，把幸福带给每一个家庭。

·答案尽在本书中！

《原谅我不懂你的心》

一路开花　著

新世界出版社

·学习孝道，感悟亲情经典作品。

·80个饱含深情的情感故事。

·带你品尝世上最美好、最纯真、最极致的情感，读过此书，让你每天沐浴在爱的温暖之中。

《白领女孩的奋斗》

肖亮升 著

新世界出版社

·2013年女性白领职场励志小说巅峰之作！本书是你完美的求职指南地图、职业形象顾问、人际关系守则和身心健康专家！是一部让人忍不住一口气读完的职场精英必读书籍！

·生活不仅仅是在做一份工作，更是在经营一种人生！有梦想的女孩最可爱……

《平民变贵妇》

Tong　著

新世界出版社

·女孩，你也可以像杜拉拉一样工作，像邓文迪一样嫁人！

·改变不了残酷的现实，就修炼自己强大的内心。

·还有哪一本书，能告诉你怎样打造自己的水晶鞋？找到自己的王子？还有谁能手把手教你从步步惊心的职场中脱颖而出？

·这是最容易读懂的女性成长手札。

《思奔于柔情江湖》

周寿伟 著

新世界出版社

·梦境迪拜，一个人的首尔，邂逅北纬1°，云游扶桑，情迷香港，沉醉在马尔代夫……

·这是1个人与16座城的故事，高清美图，诗意笔调，记录旅途中久违的感动。

·青春终将逝去，梦境之上，繁华之下，偶尔停下来，来上一场心灵的寻根之旅！

《徒步墨脱生死路》

王颖洁　著

新世界出版社

·原墨脱县副县长邓春林感动推荐。

·著名文学评论家白烨、李建军亲笔推荐。

·一群“80后”徒步穿越中国最神秘的地方。

·带你领略使辞海形容词空缺的美景。

·让你品尝最惊心动魄的原始秘境之旅。

与作者互动，请加入“博文书友会”

“博文书友会”是北京汇智博文文化传播有限公司为读者精心打造的一个交流平台。在这个“一切为了读者”的平台上，会员们可以尊享本公司提供的六大贴心服务：

一、与作者“亲密接触”

“博文书友会”会定期举办书友交流会，力邀畅销书作家与书友零距离接触，分享自己的成功经验，并回答广大书友的提问。

二、获得免费的培训课程

“博文书友会”会定期抽取一部分幸运会员，免费参加由作者主讲或由我公司举办的培训课程，这些课程主要涉及以下主题：

心灵成长、人生规划、职场礼仪、企业管理、质量管理、品牌营销、投资理财、潜能开发、健康保健、亲子教育等。

三、及时获得新书资讯

“博文书友会”定期将我公司出版的新书书目以邮件形式通知书友，您足不出户即可获知最新的出版资讯，尽享快人一步的阅读乐趣。

四、赢得幸运大礼

“博文书友会”为答谢广大读者的厚爱与支持，联合众多商家定期举办幸运大抽奖活动。这些商家遍及餐饮、旅游、娱乐等行业。幸运读者可获赠代金券、电影票及其他精美礼品，享受餐饮、珠宝、家电、家居饰品的折上折服务。

五、给您挥洒智慧的舞台

为了帮助那些有志于写作的书友们施展才华，“博文书友会”对会员们的投稿提供优先审阅、优先出版的机会。

六、助您广交天下友人

“博文书友会”定期为五湖四海的书友们举办沟通、交流活动。相信“书友会”安排的各种节目不但可以让您增长知识，还能放松身心，广交天下志同道合的朋友。

亲爱的读者，您还在等什么呢？机会不容错过，赶快加入我们吧！您只需轻点鼠标，添加书友会 QQ：800021324，成为我们的会员，就可以尽享我们为您提供的贴心服务。

“博文书友会”真诚欢迎您的加入！

北京汇智博文文化传播有限公司

北京汇智博文文化传播有限公司

北京汇智博文文化传播有限公司多年来致力于励志、企管培训、文史、社科等畅销书的策划、创作、出版、发行工作,并多次成功运作了名列中国年度十大畅销书的作品。

北京汇智博文文化传播有限公司以“真、善、美”的图书产品,滋养国人心灵,推动中国文化产业,促进世界华人终身学习,帮助中国人实现物质与精神两方面的丰盛与幸福为使命,立志将“汇智博文”打造成为中国图书业的一流品牌。我们愿与社会各界同仁携手创造美好的明天!

公司核心价值观:为天地立心,为生民立命,为往圣继绝学,为万世开太平!只出版能带给社会正能量的书籍!

公司代表作品:《21 岁当总裁》作者董思阳,《第一次把事情做对》、《质与量的战争》作者杨钢,《魔鬼营销》作者李光斗,《定位定天下》作者刘军,《亚洲华人企业家传奇》作者牟家和、王国宇,《闯与创》作者王国宇,《动成长》作者李践,《基本功》作者易发久,《站着上北大》作者甘相伟,《生命智慧》作者张选,《涵养女德 幸福一生》编者李宛儒陈艺文等。

策划、出版发行图书类型:经管、励志、企业家传记、社科、养生保健、心理、心灵修养、网络文学、职场等。

媒体推广、品牌营销:新闻稿撰写、媒体公关、软文发布、新闻公关、网络公关、论坛公关、事件营销等。

咨询热线:010 - 84827588　010 - 84827688　13581631735

传　　真:010 - 84827668 转 816

投稿邮箱:bjliuzhize@126.com

读者交流:QQ 800021324

网　　址:www.bjhzbw.com

微　　博:http://weibo.com/1849210287

更多精彩,尽在汇智博文网上书城
http://shop101388736.taobao.com/

北京汇智博文文化传播有限公司
http://www.bjhzbw.com/

汇智博文书友会志愿者招募进行中

“博文书友会”是北京汇智博文文化传播有限公司为读者精心打造的一个交流平台。北京汇智博文曾出版过的《21岁当总裁》《亚洲华人企业家传奇》《站着上北大》《邓超明创业笔记》等图书，在全国各大高校中引起热烈反响，学生们好评如潮，为此，我们特意开通了博文书友会，一个能让广大学生读者相互交流的平台；四年来，无数读者在书友会中发表了自己真实的声音，彼此鼓励，寻找自己的人生方向。现在，我们真挚地邀请你参与到我们中来，与我们一同为更多的读者举办更有创意、更有意义的读书活动。

成为志愿者，你可以协助我们组织并参与这些读书主题活动，更多更有创意的活动，等你发现，等你策划。

1.与作者“亲密接触”

“博文书友会”走进校园定期举办书友交流会，力邀畅销书作家与书友零距离接触，分享自己的成功经验，并回答广大书友的提问。

2.获得免费的培训课程

“博文书友会”会定期抽取一部分幸运会员，免费参加由作者主讲或由我公司举办的培训课程，这些课程主要涉及以下主题：心灵成长、人生规划、职场礼仪、企业管理、质量问题、品牌营销、投资理财、潜能开发、健康保健、亲子教育等。

3.及时获得新书资讯

“博文书友会”定期将我公司出版的新书书目以邮件形式通知书友，让读者朋友足不出户即可获知最新的出版资讯、尽享快人一步的阅读乐趣。

4.给您挥洒智慧的舞台

为了帮助那些有志于写作的读者朋友们施展才华，“博文书友会”对会员们的投稿提供优先审阅优先出版的机会。

5.助您广交天下友人

“博文书友会”定期为五湖四海的书友们举办沟通、交流活动。相信“书友会”安排的各种节目不但可以让您增长知识，还能放松身心，广交天下志同道合的朋友。

每月我们会为志愿者提供书目，供大学志愿者组织读书交流会，书籍是免费借阅。

有兴趣的同学可通过以下联系方式咨询：

QQ咨询：800021324　　志愿者群：286337728

联系电话：010-84829728　010-51149514　　传　真：010-84829578

邮件地址：bjzyy2008@163.com　　地　址：北京市朝阳区紫玉山庄641栋